UTOPIEN FÜR HAND UND KOPF

NAUTILUS

Charles Fourier

Die Freiheit in der Liebe

Aus dem Französischen
von Eva Moldenhauer

Mit einem Vorwort von
Margarete Stokowski

Editorische Notiz

Charles Fouriers Schriften zur freien Liebe, verfasst um 1817–1819, erschienen erst 150 Jahre nach dem Tod des Autors 1967 zum ersten Mal – unter dem Titel *Le Nouveau Monde Amoureux* bei *Editions Anthropos*, herausgegeben von Simone Debout. Der hier vorliegende Text folgt der 1977 im *Verlag Klaus Wagenbach* unter dem Titel *Aus der Neuen Liebeswelt* erschienenen Ausgabe, von Daniel Guérin herausgegeben und ergänzt um Passagen aus folgenden weiteren Werken Fouriers:

Théorie des quatre mouvements (1808)
Théorie de l'Unité universelle oder Traité de l'association domestique agricole (1822)
Le Nouveau Monde industriel et sociétaire (1829)
La Fausse Industrie (1835)
Schriften aus der Zeitschrift *La Phalange* (1851–1858)

Vorwort

von Margarete Stokowski

Jede Arbeit ist angenehm, Kinder nerven nicht und alle Menschen sprechen eine neue gemeinsame Weltsprache. Die Armee baut Brücken und veranstaltet Feste, an der Börse werden die Jobs und Vergnügen des Tages ausgehandelt. Regelmäßig gibt es Orgien, die vom Ministerium der Feen vorbereitet werden. Das Meer schmeckt aufgrund chemischer Veränderungen nach Limonade und es gibt lustige neue Tierarten. – Willkommen in der Welt von Charles Fourier.

Was war das für ein Typ, der sich im nachrevolutionären Frankreich ein System erdachte, von dem man vieles denken kann, das einen aber ganz sicher nicht unbeeindruckt lässt?

Charles Fourier (1772–1837) war als Frühsozialist nicht nur Entwickler einer ausgeklügelten Utopie davon, wie wir unsere Arbeit und unser ganzes Zusammenleben neu organisieren sollten, sondern auch Feminist zu einer Zeit, in der es noch keine Girl-Power-Shirts bei H&M gab. 1793 wurde Olympe de Gouge geköpft, nachdem sie die *Erklärung der Rechte der Frau und Bürgerin* geschrieben hatte. Wenige Jahre später erklärt Fourier, die Emanzipation der Frauen sei der Maßstab für die Entwicklung der ganzen Gesellschaft: »Der soziale Fortschritt vollzieht sich entsprechend den Fortschritten in der Befreiung der Frau« – Ein guter Mann.

Aber auch kein ganz einfacher. Angeblich hat Fourier in

seinem Leben kein einziges Mal gelacht. Man kann es sich vorstellen angesichts der radikalen Kritik, die er an der Gesellschaft übte. Daniel Guérin nannte ihn einen »genialen Einzelgänger«, und zugleich einen, den das Leben »zu einem verbitterten Misanthropen« gemacht habe. Tagsüber arbeitete Fourier in unterschiedlichen kaufmännischen Berufen. Dass er sich beständig mit den »Schurkereien der Kaufleute« auseinandersetzen musste, machte ihn nur noch überzeugter davon, dass sämtliche Arbeitsbeziehungen von Grund auf neu organisiert werden müssten. Fouriers bekanntestes Werk, die *Theorie der vier Bewegungen und der allgemeinen Bestimmungen*, erschien 1808 anonym und blieb zunächst weitgehend unbemerkt. Mit der Zeit versammelte er ein paar Schüler um sich, mit denen er sich gegen Ende seines Lebens jedoch zerstritt. Erst nach seinem Tod erlangte Fourier größeren Ruhm; ab den 1840er Jahren gab es in verschiedenen Ländern immer wieder Versuche, seine Idee einer Kommune umzusetzen, allerdings hielten die meisten nicht lange.

Die neue Liebeswelt erschien erst posthum 1967, pünktlich zur sogenannten sexuellen Revolution, die Fourier in vielerlei Hinsicht vorausgedacht hat. Im Mittelpunkt von Fouriers Gesellschaftsbild steht die Liebe. So etwas kann leicht kitschig werden, esoterisch oder unpolitisch – Fouriers Plan ist zum Glück nichts davon.

Wenn Charles Fourier heute lebte, würde man ihn – unter anderem – einen *Nerd* nennen. Beeindruckt von Newtons Theorie der Schwerkraft stellt Fourier sich menschliche Anziehung als natürliche, berechenbare Kraft vor. Die gesamte Welt ist für ihn logisch zusammenhängend eingerichtet; die Geschichte verläuft in Epochen, die notwendigerweise aufeinander folgen, vom ersten Schöpfungsmoment bis zum Ende des Lebens auf der Erde.

Das System, das Fourier entwirft, changiert zwischen bestechender Einfachheit (Ehe und Familie abschaffen, Grundeinkommen und gutes Essen für alle) und völlig skurriler Komplexität: Es gibt eine ausgefuchste Grammatik primärer und sekundärer Leidenschaften, aus denen sich verschiedene Persönlichkeiten formieren, die insgesamt 810 unterschiedliche Charaktertypen ergeben. Die Leute leben und arbeiten in Kommunen, die eine wesentlich größere Gemeinschaft herstellen als ein Dorf oder eine Stadt voller einzelner Familien. Rund 1800 bis 2000 Menschen leben in einem »Phalanstère« zusammen und ergänzen einander in ihren Eigenarten – die Zahl ist nicht zufällig gewählt, sondern so, dass alle unterschiedlichen Leidenschaften angemessen vertreten sind. Walter Benjamin bezeichnete das Phalanstère daher als »eine Maschine aus Menschen« – und ergänzte direkt: »Das ist kein Vorwurf.«

Bestimmte Begriffe haben bei Fourier eine andere Bedeutung als in der Alltagssprache. Das Wort »Zivilisation« ist für ihn durchweg negativ besetzt. Die Zivilisation ist die Gesellschaft, in der Fourier lebt. Sie ist zu abgefuckt, um das Endziel eines kosmischen Plans sein zu können. Fourier hält sie für ungerecht, verlogen, lustfeindlich und langweilig. Die Arbeit ist schlecht organisiert und das Geld falsch verteilt. Die Leute leben in denkbar ungesunden Konstellationen; einsame Hausfrauen mit fremdgehenden Ehemännern scheinen ihm nicht dem Plan der Schöpfung zu entsprechen. Zu Recht.

Der Gegenentwurf zur Zivilisation ist die »Harmonie«: der Gesellschaftszustand, in dem die Menschen frei und glücklich leben. So fassungslos ihn die Gegenwart macht, so optimistisch ist Fourier bezüglich des weiteren Weltverlaufs: Weil die Zivilisation so grässlich ist, kann sie von Gott nicht so gemeint sein und muss zwangsläufig in eine bessere Epoche übergehen. Elisabeth Lenk hat es als Grundstruktur des Fourierschen Werks bezeichnet, dass bei ihm »grenzenloser

Optimismus und unbestechlich kritischer Blick zu einer dialektischen Einheit verschmolzen sind«.
Fouriers Methode ist das hartnäckige Anzweifeln alles Gegenwärtigen und die gleichzeitige Suche nach dem, was der Plan der Schöpfung gewesen sein könnte. Zur Frage der Liebe ist für ihn schon zu viel Kitsch und Kunst betrieben worden und zu wenig Politik: »Seit nunmehr dreitausend Jahren besudelt man die Erde mit abgeschmackten Faseleien über die Leidenschaften.«
Im Gegensatz dazu verspricht Fourier nichts weniger als die Wahrheit über die Liebe. Der Ruf nach einem radikalen Wandel in allen gesellschaftlichen Beziehungen ist bei ihm gleich mehrfach begründet: Sein Bild der Harmonie stellt er als logisch, natürlich und von Gott gewollt dar. Es wird nicht ganz klar, warum er meint, frei von Vorurteilen über die Gesellschaft forschen zu können, als Einziger nach 3000 Jahren voller Idioten.
Die Befreiung der Sexualität und die Befreiung der Arbeit hängen bei ihm direkt zusammen. Dass es mit der Liebe in der Zivilisation so schlecht läuft, liegt für Fourier letztlich am Problem der Armut. Sie ist für ihn »die Quelle aller Laster«. Deswegen ist Fourier ein früher Befürworter des bedingungslosen Grundeinkommens sowie eines Rechts auf Arbeit, ohne Zwang zur Arbeit. In der Harmonie werden die Arbeitstätigkeiten mehrmals täglich gewechselt, ähnlich wie in Marx' Idee vom Menschen in der kommunistischen Gesellschaft, die es ihm ermöglicht »heute dies, morgen jenes zu tun, morgens zu jagen, nachmittags zu fischen, abends Viehzucht zu treiben, nach dem Essen zu kritisieren, wie ich gerade Lust habe, ohne je Jäger, Fischer, Hirt oder Kritiker zu werden« – mit dem Unterschied, dass Fourier im Gegensatz zu Marx meint, alle Arbeit würde in der Harmonie zu Vergnügen werden und Marx das naiv fand: Freies Arbeiten sei ja wohl »verdammtester Ernst«.

Die Anerkennung sexueller Vielfalt ist für Fourier eine Voraussetzung für die Freiheit in der Liebe. Homosexualität, Sadomasochismus oder Fetische, alles gehört dazu. Während Philosophen und Priester der Meinung sind, die Liebe sei ein triebhafter Wahn, der unterdrückt werden müsse, findet Fourier: Das Göttliche und das Geile sind nur zwei Seiten einer Medaille. Das eine ist der Plan, das andere die Ausführung.

Die Liebe setzt sich für Fourier aus zwei Teilen zusammen, die beide befriedigt werden wollen: dem materiellen Element, das er als sinnliche Lust oder »körperliche Liebe« bezeichnet, und dem Element des Gefühls, das bei ihm auch »sentimentale Liebe« heißt oder »Celadonismus« (inspiriert von Céladon, einem verliebten Schäfer in einem Roman von Honoré d'Urfé). Letztere ist in der Zivilisation nur theoretisch angesehen, faktisch aber verhöhnt und von der Gier nach billiger Befriedigung verdrängt. Die Leute betrügen einander und werden damit nie ganz glücklich.
Staat und Religion lassen in der Zivilisation nur ein »rechtmäßiges Vergnügen« zu, nämlich dasjenige, das zur Fortpflanzung führt. Das findet Fourier zwar verständlich, weil Kinder geboren werden müssen, aber auch maximal schlecht eingerichtet: »Konnte es etwas Besseres erfinden als den isolierten Haushalt und die unauflösliche Ehe, um die Liebesbeziehungen und die Sinnenlust mit Langeweile, Käuflichkeit und Falschheit zu vergiften?«
Fourier geht mit den Institutionen Ehe und Familie hart ins Gericht. In der Zivilisation sind Liebespaare für ihn »ein Individuum zu zweit, welches das Glück für sich allein pachten will« – aber sie scheitern damit. Das Zusammenleben in einer Ehe findet er (der nie verheiratet oder in einer längeren sexuellen Beziehung war) vollständig schädlich. Es mache die beteiligten Leute verdorben und asozial. Nur die

Reichen hätten genug Geld, sich von den Strapazen der ehelichen Zweisamkeit bei Festessen und anderen Zerstreuungen zu erholen. Und weil Fourier es nicht dabei belassen mag, einfach Reichtum für alle zu fordern, sinnt er auf die Auflösung jener Institutionen, die er für widernatürlich und unglückstiftend hält.

Ein zentraler Punkt auf dem Weg in Richtung Harmonie ist für Fourier daher die Befreiung der Frau. Bisher hat unter anderem die Philosophie hartnäckig daran gearbeitet, Frauen vom Glück fernzuhalten. Fourier selbst sieht sich nicht als Philosoph (sondern als Erfinder oder Entdecker), weil er der Meinung ist, dass »die Philosophen« ein einziger verwirrter Haufen heimtückischer alter Männer sind. Fourier bezichtigt die Philosophie – von der Antike bis in seine Gegenwart – der Frauenfeindlichkeit aus Tradition. Dagegen setzt er seine These: »Freie Frauen werden die Männer an Arbeitseifer, Redlichkeit und Edelmut übertreffen.«
In der Zivilisation haben die Frauen nichts zu lachen. Man holt, gelinde gesagt, nicht das Beste aus ihnen raus, wenn man sie von höherer Bildung fernhält und Schönheit und Haushaltsführung als ihre Hauptmerkmale sieht. Besonders schändlich findet Fourier, dass die Frauen sich über ihre Unterdrückung so wenig im Klaren sind und sich entsprechend wenig wehren. Lustig wird es, wenn er erklärt: »Sofern sie nur die These studieren, die ich hier darlege, werden sie den jungen wie den alten Schwätzern das Maul stopfen können …«
Man kann ihm das aber verzeihen angesichts der Tatsache, dass er – im frühen 19. Jahrhundert – eine Frauenquote fordert: »Erinnern wir daran, dass die Frauen in der neuen Gesellschaftsordnung an allen Einrichtungen jeweils zur Hälfte beteiligt sein werden.«
Fourier schreibt damals schon, auch wenn er es nicht so

nennt, über das elende Phänomen des »slut-shaming«: Untreue verschafft Männern ein gewisses Ansehen, Frauen hingegen schadet sie. Die einen gelten, wenn sie wechselnde Sexualpartner*innen haben, als besonders potent und erfolgreich, die anderen als billige, wankelmütige oder manipulative Schlampen. Und wer könnte einem Theoretiker widersprechen, der erklärt, »wir müssen endlich damit beginnen, den Frauen die nötige sinnliche Befriedigung zu gewähren«?

In der Harmonie werden alle Bedürfnisse für alle Geschlechter und Altersstufen befriedigt, verspricht Fourier. Dass das Vergnügen zur Staatsangelegenheit wird, mag zunächst gruselig klingen und an Aldous Huxleys *Schöne neue Welt* erinnern, aber andererseits ist in der Harmonie der Staat eben etwas völlig anderes als zu Fouriers Zeiten – oder heute.

Der Schlüssel zum Glück liegt für Fourier in der Nutzung der menschlichen Neigungen, die ohnehin da sind. Die verschiedenen Leidenschaften vergleicht Fourier den einzelnen Stimmen eines Orchesters. In der von ihm geplanten Gesellschaft tun sich Menschen zu Gruppen zusammen, die wiederum »Serien« bilden. Wenn diese Serien den Leidenschaften der Menschen entsprechen, dann wird ihr Zusammenleben so harmonisch funktionieren wie ein gutes Orchester.

Die Harmonie ist dann nichts anderes als eine wirklich lange, perfekt organisierte Party – aber als Gesellschaftszustand. Detox und Diät finden nicht statt. Zum völligen Exzess kommt es andererseits aber auch nicht, denn es gibt keine Notwendigkeit dafür: Alle Arten von Vergnügungen sind ohnehin verfügbar, es gibt keine Dämme, die brechen müssten.

Dafür hat sich Fourier allerlei Party-Regeln ausgedacht, vom Verfahren, nach dem Tanzpartner*innen zueinander finden (es wird gelost), bis zur Kleidung (»ein schlichtes

Gewand «) und zum generellen Tagesablauf: Ab 8 Uhr abends wird getanzt oder ein Theaterstück oder Konzert besucht, zwischendurch gegessen – » und um 11 Uhr liegen alle im Bett «. Es gibt keine Eifersucht mehr, keine Falschheit und kein Misstrauen, nur noch Freundschaft und Liebe, außerdem genug Essen, Wein und Schlaf. Wer » Ehebruch « kritisieren will, wie vormals in der Zivilisation, wird ausgelacht. (Es gibt weiterhin eine Ehe, für diejenigen, die wollen, aber es gibt auch Ehe-Pausen, in denen die Treuepflicht aufgehoben ist und auf die das Paar sich zuvor einigen kann.)
Auch das Erbschaftsrecht wird neu geregelt – logischerweise, denn es gibt ja keine Familie im traditionellen Sinne mehr. Und weil Freundschaften wichtiger werden und Ex-Beziehungen kein Quell der gegenseitigen Verachtung mehr sind, wird es üblich, » allen ehemaligen Geliebten oder Freunden ein Vermächtnis zu hinterlassen «.
Man kann das alles abgefahren finden, aber es gibt vieles, was wir heute daraus lernen können. Adorno schrieb über Fourier: » Keiner bietet dem Vorwurf des Utopismus schutzloser sich dar als er; bei keinem aber auch ist die Anfälligkeit der Doktrin so sehr gezeitigt vom Willen, die Vorstellung des besseren Zustands zu konkretisieren.« Die völlige Auflösung aller Selbstverständlichkeiten ist es, die Fourier so inspirierend macht: Wenn wir erst mal anfangen, alte Institutionen auseinanderzunehmen, wo landen wir?
Was würde es mit unserer sexuellen Freiheit machen, wenn bei uns Dreier, Vierer und Orgien so selbstverständlich wären wie in Fouriers Plänen? Was wäre, wenn wir vollständig frei über unsere Wünsche sprechen würden, ohne uns je dafür zu schämen oder sie schmutzig zu finden? Was wäre, wenn wir mehr über unsere Bedürfnisse reflektierten, bevor wir Beziehungen eingehen? Und sind die Algorithmen unserer Dating-Apps und Partnerschaftsplattformen eigentlich eine Variante von Fouriers Berechnung der menschli-

chen Anziehung? Würden nicht mehr Kinder geboren, wenn es Prämien gäbe für Partnerwechsel alle fünf Jahre, wo man doch weiß, dass die Verliebtheit dann eh vorbei ist? Just asking.
Fourier liest sich über weite Strecken wie der letzte Misanthrop, und das ist insofern witzig, als er die Welt mit Liebe retten will – aber andererseits ist genau das auch wieder schlüssig: Gerade weil er findet, die Gegenwart ist völlig missraten, gibt er sich größte Mühe, die Menschheit da rauszuholen, und macht dabei keine Kompromisse. Seine Umsturzpläne sind konstruktiver als so manch andere Theorie und allermindestens taugen sie als Gedankenexperiment, bei dem man allein an der eigenen Reaktion Widerstände aufspüren kann, die wir heute noch haben. So schwankt man beim Lesen zwischen »Wow, was für ein Freak« und »Oh Gott, können wir sofort anfangen?« Es ist gar nicht so leicht, seinen Ideen direkt zu widersprechen, weil sich alles im Utopischen abspielt und man auf viele Einwände gegen Fouriers Ideen sagen kann: Ja, noch können wir uns das nicht vorstellen, aber dann, eines Tages …! Und Revolutionen haben es eben so an sich, dass man sie sich vorher vielleicht noch nicht ganz vorstellen kann.

Margarete Stokowski,
Juli 2017

Prolog

Wir entrinnen der Nacht

»Wie, Sie wollen wirklich über die Liebe schreiben, ein so heikles Thema? Dazu bedarf es der Feder eines Tibull und eines Parny[1]: es verlangt so viel Zartgefühl, so viel Leichtigkeit!«
In der Tat! Verlangt es nicht auch, um mit Diderot zu sprechen[2], eine in den »Regenbogen getauchte Feder und den Staub von Schmetterlingsflügeln«? Mit solchen Albernheiten speisen uns die Sophisten ab, um über ihr Ungeschick in der Politik der Liebe hinwegzutäuschen.
Ich werde weder den Regenbogen noch die Schmetterlinge bemühen, sondern die Liebe unter einem Blickwinkel vorstellen, der weit würdiger ist, alle guten Menschen zu interessieren; ich werde ihnen beweisen, dass ein einziger Irrtum in der Theorie der Liebe bereits genügt, das ganze Gebäude der zivilisierten Moral zum Einsturz zu bringen.

Ich werde nur das Thema vorgeben; möge ein anderer seine Prosa darum ranken. Sie erwarten von mir gewiss rhetorische Blüten. Besonders in Frankreich fehlt es ja nicht an Schriftstellern, denen die Fähigkeit eignet, die Ideen anderer auszuschmücken. Ich darf bei dieser Gelegenheit eine Wahrheit aussprechen, der Sie zustimmen werden: wenn sich Ihre goldene Feder mit meinem Genie paarte, müsste meine Abhandlung *Über die Anziehung* zum prächtigsten Werk geraten.

1 Tibull, um 50-19 v. Chr., römischer Dichter, Autor der Elegien*; Parny (Evariste-Désiré de), 1753-1816, Verfasser der* Poésies érotiques *sowie einer liederlichen Parodie auf die Bibel,* Guerre des dieux.

2 »Wenn einer schreibt, muss man seine Feder in den Regenbogen tauchen und die Schrift mit dem Staub von Schmetterlingsflügeln bestreuen.«

Aber reicht denn die Schönheit des Gegenstandes, bar dieser banalen Verzierungen, nicht aus, um dem Autor die Gabe der Beredsamkeit zu erlassen? Immer wieder muss ich daran erinnern, dass ich kein Redner bin, ich bin Erfinder. Meine Aufgabe ist es nicht, blumig zu schreiben, sondern neu zu sein.

Meine Verspätung ist kein Grund zur Verzweiflung. Ist doch auch der Kompass (die Magnetnadel), dessen die Menschen so dringend bedurften, fünftausend Jahre unbekannt geblieben. Unser Geist ist zu spät darauf gekommen, weil seine Forschungsmethoden ihn so lange in die falsche Richtung gelenkt haben.

Der menschliche Geist, der fünfundzwanzig Jahrhunderte lang an dieser Aufgabe gescheitert ist, wird vor einem neuen Kampf gewiss zurückschrecken. Doch wenn Heerführer und Soldaten niedergeschlagen sind, bedarf es zuweilen nur eines Kindes, um neue Hoffnungen zu wecken. Der zehnjährige David richtete Israel auf, als er Goliath besiegte. Jeanne d'Arc, ein einfaches Hirtenmädchen, begeisterte die französische Armee und führte sie zum Sieg. Gerade meine Unscheinbarkeit gibt mir das Recht, die Zügel in die Hand zu nehmen, wenn alle Welt sie schleifen lässt, wenn der menschliche Geist nur noch seine Ohnmacht beklagt und mit Voltaire ausruft: »Welch tiefe Nacht umgibt noch die Natur!«

Um die falschen Berechnungen der Gelehrten aller Jahrhunderte zu durchschauen, bedurfte es eines Mannes, dem jener Flitter der Beredsamkeit fehlte, auf den sie so stolz sind, obwohl er der leidenden Menschheit nur karge Früchte eingebracht hat. Es bedurfte eines Mannes, der, wenngleich wenig zungenfertig, hartnäckig sein Ziel verfolgte, eines unabhängigen und originellen Geistes, wissenschaftlichen Spitzfindigkeiten abhold, der sich darauf versteifte, nach dem gesunden Menschenverstand zu urteilen, und der die Ansicht vertrat, dass das Böse böse ist, dass Armut, Unterdrückung, Betrug und Gemetzel die Ergebnisse der Gesetzgebung des Menschen sind, Zeichen seiner Verirrung, dass alles Gerede über Perfektibilität einen Schuldigen verrät, der den Verdacht von sich ablenken möchte. Schließlich kam es darauf an, sich nicht auf Predigten zu beschränken, sondern zu handeln und die Aufgabe zu bewältigen, der die Philosophie ausgewichen ist, kurz, sich daran zu machen, die Bestimmungen des Menschen zu berechnen. Eben dies habe ich getan.

Seit nunmehr dreitausend Jahren besudelt man die Erde mit abgeschmackten Faseleien über die Leidenschaften. Wir müssen dem Übel ein Ende setzen, methodisch vorgehen in jedem Bereich, der das schmerzliche Rätsel der Leidenschaften berührt. Versuchen wir also, es zu erforschen und dem Gegenstand nicht auszuweichen, welcher der Frivolität so viel Handhabe bietet.

Wenn wir in der Harmonie alle Schattierungen der Liebe erfasst haben werden, wird diese bei uns so verachtete Triebfeder unzählige Quellen der Begeisterung erschließen. Ich halte es für nutzlos, irgendeine Darstellung davon zu geben, denn die Zivilisierten sind zu wenig frei von Vorurteilen, um in dieses Zauberbuch eingeweiht zu werden. Es genügt, einen Zipfel des Schleiers zu lüften, um sie von ihrer tiefen Unkenntnis über die Bestimmung der Liebe zu überzeugen, einer Leidenschaft, die in der Harmonie Gegenstand der ausgeklügeltsten Berechnungen sein wird, wohingegen die törichte Zivilisation nicht einmal ihr Alphabet zu entziffern vermochte.

Wenn also die Wahrheit, nach dreitausend Jahren Verbannung, vom letzten zum ersten Rang aufsteigen, wenn sie das Steuer unseres gesellschaftlichen Schiffs in die Hand nehmen will, muss sie endlich auf Mittel sinnen, sich mit der Nützlichkeit und dem Vergnügen auszusöhnen.
Dies sind wichtige Grundsätze in Bezug auf die Liebe, die man nur dazu tauglich wähnte, Romanschreiber zu beschäftigen: So hatten es unsere spitzfindigen Staatsmänner beschlossen, um nicht über das dornigste aller Probleme nachdenken zu müssen, nämlich über die Wahrheit in der Liebe.

Spürt man nicht, dass die zivilisierten Nationen beim Studium der Leidenschaften deshalb gescheitert sind, weil sie die Fragen, die ernsthafte Studien erfordern, nur zum Scherz und romantisch behandelt haben? Geben wir endlich diese falsche Methode auf und bekämpfen wir gemeinsam die Hindernisse, um in die Geheimnisse der Natur zu dringen.

Wenn im System der Natur alles miteinander verbunden ist, wie unsere zivilisierten Orakel behaupten, dann müssen sie den Schluss ziehen, dass auch im System der Leidenschaften alles miteinander verbunden ist, dass auch die Liebesbeziehungen in einem System sozialer Wahrheit stehen müssen. Aber wie lässt sich die Wahrheit ohne die Freiheit durchsetzen?
Doch Freiheit in der Liebe ist mit der Zivilisierten und Barbarischen Ordnung nicht vereinbar: Was ist anderes daraus zu schließen, als dass man, um zur Freiheit und zur Wahrheit zu gelangen, eine Gesellschaft entdecken muss, die sich von der Zivilisation und der Barbarei unterscheidet, und dass man, um sie zu entdecken, nach ihr suchen muss?

Den Fragen nach einer zweckmäßigeren Gesetzgebung, einer besseren Regelung der Liebe ist man zu allen Zeiten aus

dem Weg gegangen, unter dem Vorwand, die Liebe sei eine Art von Wahn. Aber mag sie nun ein Wahn sein oder nicht, sie ist eine Triebfeder, deren Auswirkungen Gott gewiss vorausgesehen und zu einem harmonischen und einheitlichen Plan geordnet hat.
Diesen Plan wollen wir so genau wie möglich ermitteln. Je leichtfertiger man diese Frage seit nunmehr dreitausend Jahren behandelt hat, desto methodischer muss ich vorgehen, damit die Theorie einer Leidenschaft, die einen so mächtigen Einfluss hat, weder Unklarheiten noch Lücken aufweist.
So unbezähmbar die Liebe uns scheinen mag, sie ist nicht schwieriger zu harmonisieren als der Ehrgeiz oder irgendeine andere Leidenschaft.

Ich verkünde einen mechanistischen Gott, einen Gott des Gleichgewichts, Feind sowohl der Zügellosigkeit wie der Entbehrung; der es versteht, alle Vergnügungen aufeinander abzustimmen und sie gerade durch ihren Überfluss und ihre Vielfalt vor Exzessen und Missbrauch zu bewahren.

Eine neue Ordnung der Liebe

Wir wollen von einer neuen Ordnung der Liebe sprechen, in der das Gefühl, der edle Teil der Liebe, in hellem Glanz erstrahlen und alle Beziehungen verzaubern wird. Denn worauf gründet ihr Reich? Darauf, dass das Materielle nicht unterdrückt wird, sondern volle Befriedigung findet, und dass das Bedürfnis danach nicht unziemlicher ist als die Gelüste der anderen Sinne – nach Festgelagen, Konzerten, Düften, Geschmeide usw. Erst wenn das Materielle befriedigt ist, können die edlen Regungen der Liebe ihren Aufflug nehmen, von denen die Jugend in der Zivilisation nur sehr geringe Kenntnis besitzt.

Um die Wünsche der verschiedenen Altersstufen zu befriedigen und ihnen gänzlich neue Liebesgenüsse zu verschaffen, muss ich den Vorsichtsmaßnahmen der Zivilisation in allen Punkten widersprechen, denn sie führen zu einer Ordnung, die außerstande ist, den verschiedenartigen Neigungen gerecht zu werden. Es muss also der Wunsch des Lesers sein, dass ich ihn seinen Vorurteilen entreiße und in eine neue Welt führe, wo unerhörte Bräuche viele neue Vergnügungen für alle Altersstufen beiderlei Geschlechts zur Folge haben. Ich wiederhole, es ist Sache des Lesers, mir diese Bedingung zu stellen. Ich werde sie erfüllen.
Vor allem auf dem Gebiet der Liebe muss man einen dogmatischen Ton vermeiden. Freilich ist hier so viel Verwirrung gestiftet worden, der Wust aus Aberglaube und Philosophie hat so vielen Irrtümern zu Ansehen verholfen, dass es großer Mühe bedarf, die Geister zur Natur zurückzuführen. Im Übrigen werde ich Vorurteilen zu Leibe rücken, denen insgeheim jedermann feind ist, denn ihre Beseitigung wird

jedem die Wohltaten bescheren, die er begehrt. Mithin muss jeder Leser meiner Lehre schon im Voraus beipflichten und seine eigene Niederlage herbeisehnen.

Gewiss sind dem Leser bereits Zweifel gekommen, und er begreift, dass das große Geheimnis der Leidenschaften keineswegs undurchdringlich ist; dass man der Natur endlich in ihren letzten Schlupfwinkeln nachspürt, was auch vorher schon jeder hätte tun können, der sich von den ausgetretenen Pfaden hätte entfernen und jene rechtschaffenen Seefahrer, wie Vasco da Gama und Christoph Kolumbus, nachahmen wollen, die spürten, dass man, um neue Wege und neue Kontinente zu entdecken, sich Meeren aussetzen musste, auf die sich bislang noch niemand gewagt hatte. Die Berechnung der Anziehung war jenes unbekannte Meer, das alle Jahrhunderte in Schrecken versetzt hatte; ich habe mich mit vollen Segeln hineingestürzt wie einst Christoph Kolumbus auf den Atlantik. Mein Erfolg steht dem seinen nicht nach, ich kehre zurück mit der Entdeckung der neuen Welt der Leidenschaften.

Dieses Thema erscheint nur den Zivilisierten frivol, welche die Liebe als Belanglosigkeit abtun, mit der sich angeblich nur Faulpelze beschäftigen. Darum lassen sie nur jenes rechtmäßige Vergnügen gelten, das die Ehe sanktioniert. Anders in der Harmonie, wo alle Vergnügungen Staatsangelegenheiten sind und ein vorrangiges Ziel der Gesellschaftspolitik bilden, sodass der Liebe notgedrungen eine große Bedeutung zukommt, da sie tatsächlich den ersten Rang unter den Vergnügungen einnimmt.

Die Moralisten wollen die Leidenschaften in eine Richtung lenken, die ihrer Natur widerspricht. Was haben sie nicht alles während zweitausend Jahren gepredigt, um die sinnlichen Triebe zu zügeln und zu verändern, um uns einzureden, der Diamant sei ein wertloser Stein, das Gold ein wertloses Metall, Zucker und Gewürze seien wertlose, verächtliche Erzeugnisse und die Hütte, die einfache, rohe Natur sei dem Palast des Königs vorzuziehen? So versuchten die Moralisten, das Feuer der Leidenschaften zu löschen. Noch weit lächerlicher sind ihre Ansichten über die Liebe; sie möchten, dass Beständigkeit und Treue herrsche, die sich mit dem Willen der Natur so wenig vereinen lassen und beiden Geschlechtern so lästig sind, dass niemand, der in Freiheit lebt, sich ihnen unterwirft.

Wissen die Moralisten nicht selbst, dass ewige Treue in der Liebe der menschlichen Natur zuwiderläuft; dass man vielleicht einige Dummköpfe beiderlei Geschlechts, niemals aber alle Männer und Frauen zu solchen Sitten bekehren kann; und dass somit jede Gesetzgebung, welche Eigenschaften fordert, die mit den Leidenschaften unvereinbar sind, nur lächerliche Spekulationen hervorbringen und Unordnung stiften kann, da die ganze Gesellschaft sich dann stillschweigend zusammenschließt, um die Übertretung der Gesetze gutzuheißen? Ist dies nicht das Ergebnis des Liebessystems, das seit 2500 Jahren herrscht? Es lässt nur die Sitten der Unterdrückung fortdauern, die in den finsteren Zeitaltern herrschten, Sitten, auf denen zu bestehen lächerlich ist, in einem Jahrhundert, das sich seiner Vernunft und seiner Achtung für die Natur rühmt.

Die Liebe ist die mächtigste Triebkraft der leidenschaftlichen Annäherung, selbst bei antipathischen Charakteren. Sie war es, welche die stolze Diana Mensch werden ließ, um dem Hirten Endymion zu gefallen.[3] Die anderen Leidenschaften haben nicht annähernd den Einfluss, den die Liebe bei der Annäherung der Stände ausübt.

3 Die Göttin Diana verliebte sich in einen einfachen Schäfer, Endymion, aufgrund seiner großen Schönheit. Sie verschaffte ihm das (den Sterblichen leider versagte) Vorrecht, schön und jung zu bleiben, allerdings zum Preis eines ewigen Schlafs.

Darum ist die Liebe diejenige Leidenschaft, die am geeignetsten ist, Beziehungen zwischen den Menschen zu knüpfen. Keine andere überwindet so mühelos alle Entfernungen; das einfache Hirtenmädchen wird einem König ebenbürtig, sobald die Liebe es befiehlt. Schon in dieser Welt schafft sie eine spontane Gleichheit, welche die Religionen erst im Jenseits vorsehen.

Die Liebe in der Zivilisation

Körperliche Liebe und sentimentale Liebe

Der verunglimpfte Celadonismus

Die materielle Liebe. Sie ist die nackte sinnliche Lust, bar jeder Gefühlsregung. Man begegnet ihr in allen Formen des Zwangs, wie zum Beispiel bei der Vergewaltigung, sowie in den meisten zivilisierten Haushalten, wo das eheliche Band einzig von der Zweckmäßigkeit bestimmt wird und keine Liebesillusion kennt.
Die sentimentale Liebe. Sie ist diejenige Liebe, die keinen Anspruch auf sinnlichen Genuss erhebt: der Celadonismus. In der Zivilisation gilt sie als einfältig.

Nichts ist verwickelter als die Frage, welche Rolle das Gefühl in der Liebe spielt. Über diese Art des Vergnügens hat man sich weidlich lustig gemacht: in moralisierenden Karikaturen über die Schäfer des Lignon[4] und die fahrenden Ritter[5], über Tante Aurora[6] und die Romanhelden, die fünf Jahre lang demütig schmachten sollen, ehe sie ihre Liebe zum glücklichen Ausgang führen. Diese sentimentalen Possen sind eine höchst bequeme Maske für so manchen Heuchler, der in der Öffentlichkeit dem Vestalismus (= sentimentale Liebe) das Wort redet, insgeheim aber dem Messalinismus (= materielle Liebe) huldigt. Diesen Widerspruch werde ich anprangern, denn er ist eines der gängigsten Laster der Zivilisation, wo die Scheinheiligkeit in der Liebe noch weiter verbreitet ist als in der Religion und in der Politik.

4 Anspielung auf den Schäferroman von Honoré d'Urfé (1568-1625), L'Astrée, *dessen erster Teil 1621 erschien. Die Handlung spielt am Ufer des Lignon, eines kleinen Baches des Forez. Der Held ist Celadon, der Astrée platonisch liebt. Daher der Terminus »Celadonismus« oder »Celadonie«, mit dem Fourier meist diese Art der Liebe bezeichnet, die aus der ritterlichen Liebe des Mittelalters hervorgegangen ist.*

Wir werden den endlosesten aller Streitfälle entwirren und beenden, den Streit zwischen der sinnlichen und der sentimentalen Liebe. Jeder gibt der Letzteren den Vorrang. Aber wie kommt es dann, dass allenthalben das Sinnliche triumphiert? Wiewohl in der Theorie verfemt, hat es in der Praxis die Oberhand. Zwar rangiert die materielle Liebe an zweiter Stelle, dennoch ist sie ein Wesir, der größere Macht hat als der Sultan selbst.

Nichts wird in der Zivilisation mehr verhöhnt als die sentimentale Liebe. Von den beiden Elementen, aus denen die Liebe sich zusammensetzt – dem materiellen Element oder der sinnlichen Lust, und dem geistigen Element oder der Liebe des Herzens –, nimmt das geistige einen höheren Rang ein als das materielle. Damit will ich nicht behaupten, dass die sentimentale Liebe einen größeren Einfluss hat als die materielle Liebe. Weit gefehlt! Ich werde beweisen, dass sie allenthalben nur der bescheidene Sklave des materiellen Prinzips ist. In der öffentlichen Meinung werden ihr zwar alle Ehren der Ranghöchsten zuteil, in Wahrheit aber steht sie an letzter Stelle. Sie ist dem Volk vergleichbar, dem die Verfassung die Maske der Souveränität zugesteht, das in Wirklichkeit aber nur der gemeine Sklave seiner Sachwalter ist. Ebenso verhält es sich mit der sentimentalen Liebe oder Celadonie, mit der die Despotie der materiellen Liebe ihren Spott treibt.

In der Theorie der Liebe wie in jeder anderen Theorie lassen sich die Zivilisierten, die sich Wunder was auf ihre belanglosen Verdienste einbilden, gerne einreden, dass sie in allen Dingen aufgeklärt sind. Dennoch scheinen einige von ihnen dieser Selbstgefälligkeit abzuschwören, wie Jean Jacques Rousseau[7], einer der begabtesten Maler der Liebe, der in diesem Punkt eine gewisse Glaubwürdigkeit

5 Anspielung auf Don Quijote *(s. Fußnote 8)*

6 Françoise d'Eaubonne meint, dass »tante Aurore« *einer der Spitznamen der Gräfin von Aulnoy (1650-1705) gewesen sein könnte, einer »libertären« Abenteurerin, die nicht nur Märchen, sondern auch galante Liebesgeschichten verfasste.*

7 In Julie ou la Nouvelle Héloïse, *1761*

verdient. Er träumte gerne von Liebesbeziehungen, die lauterer sind als die der Zivilisation. Auch wenn er sie nicht entdeckt hat, kommt ihm zumindest das Verdienst zu, sie vorausgeahnt zu haben, ein höheres Verdienst jedenfalls als Don Cervantes[8], der mit seiner Verhöhnung sentimentaler Hirngespinste eine der schönsten Spielarten der Leidenschaft erstickte, welche die moderne Zivilisation hervorgebracht hat: die Celadonie. Um die Wahrheit zu sagen: es wurde ein höchst unziemlicher Missbrauch mit ihr getrieben, und die fahrenden Ritter, die solche schönen Gefühle vortäuschten, waren gewiss nichts anderes als abgefeimte Libertins. Aber ebenso wahr ist, dass ihre Versessenheit auf sentimentale Begeisterung ein kostbarer Steinblock war, aus dem ein geschickter Meißel Großes hätte schaffen können. Keine Zivilisation hat die Lösung des Rätsels auch nur geahnt, und Cervantes, der diesen Keim schon im Entstehen erstickte, mag seinem Jahrhundert einen Dienst erwiesen haben. Aber er hätte besser daran getan, allen Jahrhunderten einen Dienst zu erweisen und zu untersuchen, welche neuen Formen diese celadonische oder reine und sentimentale Liebe hervorbringen kann.

8 *Cervantes (Miguel de), 1547-1616, Verfasser des* Don Quijote de la Mancha, *ein Roman, der die Abenteuer eines fahrenden Ritters erzählt.*

Es ist offenkundig, dass das Gefühl oder das geistige Prinzip der Liebe höher steht als das materielle Prinzip: Zynismus, Berechnung, Geilheit, Lüsternheit usw. Das Gefühl steht so hoch im Kurs, dass selbst ein noch so taktloser Liebhaber es nicht wagen würde, gleich anfangs materielle Absichten zu verraten; denn er müsste fürchten, die Frau zu erniedrigen, der er zu verstehen gibt, dass sie nur sinnliche Neigungen in ihm weckt. Ein solches Verhalten wäre allenfalls bei einer Prostituierten am Platze. So stellt man stets das Gefühl zur Schau, und sei es nur Maskerade. Damit gesteht man zur Genüge ein, dass es in allen Köpfen, in allen schicklichen Beziehungen Vorrang hat; doch welchen Rang hat es in Wahrheit? Keinen; es ist nur Schall und Rauch. Nichts ist erbaulicher und rührender als unsere moralische Schaustellung des Gefühls. Ich möchte dieses Pathos mit dem gewisser Königreiche vergleichen, deren Herrscher bei jedem Satz ihrer Verordnungen vor zärtlichen Gefühlen für ihr Volk vergehen. Aber was bezweckt ein solcher Herzenserguss? Dem armen Volk den Geldbeutel zu leeren. Genauso behandeln unsere Gesetzgebung und unsere Philosophie das arme Gefühl. Dem Schein nach vergöttern sie es, in Wirklichkeit aber tun sie es in Acht und Bann.

In einigen Familien mit lockerem Lebenswandel gestattet man dem Gefühl zwar vor der Ehe einen kleinen Spielraum, doch Gott weiß, wohin das führt. Heute spricht der Liebhaber zum Herzen, morgen zu den Sinnen und stets mit dem gleichen Erfolg. Unser Gesellschaftssystem erzeugt bei allen jungen Frauen eine heimliche Nervosität, einen Geist verstohlener Auflehnung, der in ihren vertraulichen Zusammenkünften aufflackert. Die Zivilisation bietet den keuschen Mädchen keinerlei Aussicht auf Ruhm und Größe, keine glänzende, sichere Entschädigung, die geeignet wäre, das Gefühl für eine begrenzte Zeit unversehrt zu erhalten, damit es den sinnlichen Stachel ausgleiche. Es kommt vor, dass die Entbehrungen, die sie dem jungen Mädchen auferlegt, durch nichts wettgemacht werden; das reine Gefühl hat keine Stütze, kein festes Ziel, und darum existiert es nur als Mummenschanz, wiewohl die Frauen es allenthalben zur Schau tragen.

Auch unter den Männern gibt es manche Verfechter des schönen Gefühls, doch ist es erwiesen, dass sie dreiste Lügner sind. Väter und Ehemänner, die ihrer Religion durchaus keinen Glauben schenken, verdoppeln ihr Misstrauen und ihre Vorsichtsmaßnahmen, wenn sie solch gefühlvolle Flammen um sich greifen sehen. Beweis genug, dass sie die Maskerade durchschauen, dass niemand an die Existenz des reinen Gefühls glaubt, das keinen Anspruch auf Genuss erhebt.

Sicherlich findet man einige Keime und zuweilen auch kräftige Sprösslinge derselben bei vornehmen Charakteren, die noch andere Liebschaften haben und der Celadonie zu einigem Ansehen verhelfen könnten, aber sie sind zu gering an der Zahl, als dass die breite Masse, der diese Art der Liebe fremd ist, ihr trauen könnte, sodass die höchst seltenen Erscheinungen des reinen Gefühls nur Verbote zur Folge haben und nichts als Spott ernten. Wer es aufrichtig empfindet, darf weder an der allgemeinen Ungläubigkeit noch an dem Hohngelächter Anstoß nehmen. Er muss wissen, dass diese heikle Beziehung zu selten vorkommt und von den Intriganten allzu oft nachgeäfft wird, als dass es klug wäre, dem Schein zu trauen.

Im Übrigen sind gerade diejenigen, die meinen, reine Liebe zu empfinden, weit von derselben entfernt; neunundneunzig von hundert belügen sich selbst, wenn sie sich einreden, ihre Begeisterung sei rein. Denn auch der anfänglich ehrbarste Liebhaber hat immer irgendwelche materiellen Hintergedanken. Sobald er erfährt, dass seine schöne Angebetete insgeheim einen anderen Bewerber begünstigt, wird er ungeachtet seiner keuschen Leidenschaft Eifersucht empfinden; folglich liegt ihm etwas am materiellen Genuss, auch wenn er glaubt, sich ganz dem Gefühl zu verschreiben.

Erwähnen wir den Mann, der eine verheiratete Frau anhimmelt, wohl wissend, dass sie sich ihrem Gatten hingibt und er nichts von ihr zu erwarten hat. Zumindest wünscht und hofft er, eines Tages zum Rang eines Stellvertreters aufzusteigen. Demzufolge fühlt er nicht die reine, von allen materiellen Vorstellungen gereinigte Liebe. Und der Beweis dafür: sobald ein scheinbar selbstloser Liebhaber erfährt, dass besagte Dame außer ihrem Ehemann im Geheimen noch einen bevorzugten Liebhaber hat, wird er sich nicht mit den lauteren Liebesflammen abfinden, sondern erhalten wollen, was ein anderer auch erhält.

Kurz, bei neunundneunzig Prozent derer, welche die Celadonie zur Schau stellen, ist sie gar nicht vorhanden; denn sie verlangt eine Leidenschaft, die sich auf die geistige Beziehung beschränkt. Sobald der Genuss ins Spiel kommt, und sei es nur als Hoffnung, schlägt die Waagschale zugunsten des Materiellen aus. Dafür ein Beispiel: man wähle zwanzig, ihren Worten nach aufrichtig sentimental gesonnene Frauen, die jeweils nur einen Liebhaber haben (was bei den Damen selten vorkommt), und unterziehe diese zwanzig Liebhaber der Operation, die Abélard[9] erdulden musste, und man wird sehen, dass neunzehn dieser Schönen allen edlen Gefühlen den Rücken kehren und sich anderen Liebhabern zuwenden. Und auch für die Zwanzigste möchte ich die Hand nicht ins Feuer legen.

9 Abélard (Pierre), 1079-1142, Theologe und Philosoph, wurde auf Betreiben des Onkels von Héloïse kastriert, eines jungen Mädchens, das man ihm als Schülerin anvertraut hatte und mit der er eine Liebesbeziehung unterhielt.

Unsere Romanschreiber und Moralisten wollen nicht wahrhaben, dass in unseren zivilisierten Liebschaften das Gefühl eine untergeordnete Rolle spielt.

Soll das heißen, dass das Gefühl herrscht, nur weil es zu herrschen scheint? Nein. Denn die Hoffnung auf materielle Lust ist die wahre Triebfeder. Man versammle zwanzig Paare, die seit wenigen Tagen – in allen Ehren, ohne Lust und ohne körperliche Berührung – in Liebe entbrannt sind, und verkünde den zwanzig Frauen, dass ihnen ein misslicher Umstand noch unbekannt sei: ihr Liebhaber sei nämlich ein Eunuch, infolge einer Verwundung schlechterdings impotent; jene Frau könne das beweisen, die ihm deswegen den Abschied gegeben, ohne dass er geleugnet oder vorgeschlagen hätte, den Gegenbeweis anzutreten. Und sogleich wird man, bei solcher Enthüllung, den völligen Zusammenbruch der schönen Gefühle bei diesen zwanzig Frauen erleben, die vorgeben, dass materielle Reize sie nicht verlocken.

Und der Gegenbeweis: Nehmen wir an, die zwanzig Liebhaber seien im Vollbesitz ihrer Manneskraft und beschränkten sich, wie üblich, in den ersten Tagen auf die sentimentale Tour. Würden nun die zwanzig Damen ihrem jeweiligen Celadon sagen: »Was die Bande des Herzens angeht, so ziehe ich Sie jedem anderen vor, mein Herz gehört Ihnen allein; aber ich begehre einen jungen Mann, dessen Nähe mich verwirrt, der meine Sinne in Aufruhr versetzt und dem ich noch heute Abend meine Gunst erweisen will; Ihnen aber werde ich den edleren Teil meiner Liebe bewahren, das reine Gefühl.« Möge sich jeder selbst die Antwort der Galane auf ein solches Angebot ausmalen.

Die Gefühlsapostel haben den Nachteil:

1. dass sie unendlich gering an der Zahl sind;
2. dass die breite Masse ihre ehrbaren Neigungen mit einer Tünche aus Betrug und Einfalt überzieht;
3. dass die verschiedenen Anwendungen besagter Leidenschaft unbekannt sind.

Die kleine Schar der Verfechter des reinen Gefühls muss sich also wohl oder übel davon überzeugen, dass ihre Positionen heutzutage nicht haltbar sind und dass diese Leidenschaft, die in der Zivilisation keinen Ausweg findet, erst in der Harmonie die glänzendsten und verschiedenartigsten Aussichten haben wird.

Erwähnen wir schließlich noch das Missgeschick oder vielmehr die Ermordung der reinen Liebe, die sowohl die öffentliche Meinung wie Staat und Religion verbieten. Denn Gesetz wie Religion lassen in der Liebe nur ein einziges Ziel gelten, die Zeugung, nur eine Art der Vereinigung, die Ehe oder Monogamie; sie verlangen, dass die Vereinigung materiell vollzogen werde und sich nicht auf das Gefühl beschränke, da sonst weder ein Christ noch ein Staatsbürger zur Welt käme. Beide halten es mit dem Gebot: Wachset und mehret euch; und dies zu Recht, denn es wäre wahrlich fatal, wenn alle Ehemänner, unter dem Vorwand, heilig gesprochen zu werden, die Lebensweise des Heiligen Alexis[10] nachahmen wollten, der eine Ehe einging mit dem festen

10 Gestorben um 412. Dieser allzu fromme Gatte war aus Abscheu vor der Ehe aus dem väterlichen Hause geflohen.

Vorsatz, deren Pflichten nicht zu erfüllen, sie nicht materiell zu vollziehen, womit er einen Frevel begangen, das Sakrament der Ehe entweiht und der Welt ein höchst gefährliches Beispiel gegeben hat.
Das reine Gefühl oder die reine Liebe verlangt, dass der Bewerber oder die Bewerberin ihre Absage an jeden sinnlichen Gedanken dadurch beweisen, dass sie zustimmen, das geliebte Wesen anderen Besitzern materiell zu überlassen. In der Ehe käme ein solcher Vertrag dem erlaubten Ehebruch gleich, sodass weder Gesetz noch Religion ihn zulassen können. Die öffentliche Meinung ist in diesem Punkt nicht minder unduldsam; der Mann, der eine Frau ehelichen oder umwerben würde und sich gleichzeitig willig fände, sie anderen Männern zu überlassen, da er sein Glück darin sähe, die Dame um ihrer selbst willen und nicht um seinetwillen zu lieben, sähe sich allenthalben der größten Einfalt angeklagt und stünde überdies in dem Verdacht der Kuppelei.
Je mehr man das reine Gefühl untersucht, desto mehr muss man erkennen, dass es in der Zivilisation keine Chance hat, dass es ob seiner Reinheit verächtlich, lächerlich und verbrecherisch erscheint, wie beim Heiligen Alexis, der siebzehn Jahre lang als Bettler verkleidet im Verborgenen lebte und die Schmähungen der Hausdiener in einem Winkel des Hauses erduldete, in dem sein Vater und seine Gattin wohnten. Er musste mit ansehen, wie ein ganzer Schwarm von Stellvertretern an seiner Statt funktionierte; denn es steht außer Zweifel, dass die junge Frau von Alexis, die in ihrer Hochzeitsnacht gegen alle Gesetze der Religion und Ritterlichkeit so schmählich im Stich gelassen wurde, es nicht versäumt hat, sich an anderen Galanen schadlos zu halten.
Mir ist nur dieser eine Heilige bekannt, der annähernd die Bedingungen der reinen Liebe erfüllt hat: die vollkommene Selbstverleugnung aller Begierde und Eifersucht und die selbstlose Zustimmung zu den Vergnügungen des geliebten

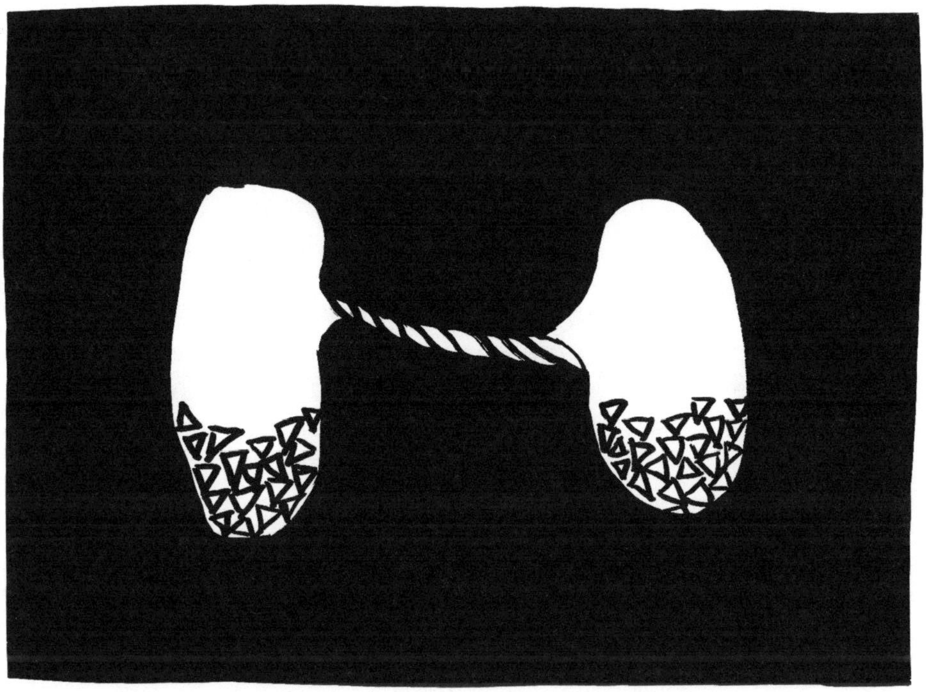

Wesens. Sein Beispiel hat keine Nachahmer gefunden und wäre heutzutage der Gipfel der Lächerlichkeit. Was beweist, dass es reine Liebe in der Zivilisation nicht gibt, wo man sie doch allenthalben an den Tag legt.

Die Versklavung des Gefühls wird noch deutlicher an der Forderung der Frauen nach dem Materiellen und besonders den äußeren Formen des Materiellen: Hört nur, was sie in ihren vertraulichen Zusammenkünften reden! Wie verachten sie doch den Mann, der zwar starke Gefühle, aber nur schwache Körperkräfte hat!
Um sich davon zu überzeugen, stelle man sich einen gefühlvollen Mann vor, dem es an Schönheit und Kraft gebricht und der es unternähme, einem schneidigen Herkules, der sich Wunder was auf sein Material einbildet, eine schöne Dame abspenstig zu machen, oder der versuchen würde, die Herrschaft des Gefühls, das man anfangs aus Schicklichkeit ins Spiel bringen muss, allzu lange währen zu lassen und in diesem Ton auch dann noch fortfährt, wenn die Frau geneigt ist, nachzugeben. An der Verachtung und den Sticheleien der Schönen wird er bald erkennen, welchen Rang diese romantische Illusion bei den Frauen hat, sobald sie aus der dienenden Rolle fällt, die ihr zugewiesen ist, nämlich die sinnlichen Bedürfnisse zu verbergen, die jede verliebte Frau in den Liebschaften der Zivilisation mehr oder weniger ungeduldig zu befriedigen trachtet.
Und wenn wir noch hinzufügen, dass die öffentliche Meinung nur diejenigen rühmt, die sich einen Spaß daraus machen, Gefühle vorzutäuschen und zwanzig Frauen zu verführen, ohne sich auf eine festzulegen, wird man zugeben müssen, wiewohl die Selbstliebe sich dagegen sträubt, dass das materielle Prinzip unsere Sitten überwuchert und das geistige oder sentimentale Prinzip nur der demütige Sklave des Materiellen ist, das äußerlich zwar verachtet

wird, in Wirklichkeit aber triumphiert. Dem Gefühl wird bei uns das gleiche Los zuteil wie dem Volk, von dem angeblich die Herrschaft ausgeht, und das doch von seinen geringsten Sachwaltern widerstandslos ausgeraubt und geknebelt wird.

Die Gelehrten, die sich mit der Gesellschaft und der Liebe befasst haben, haben uns demnach in der Liebe denselben Streich gespielt wie in der Politik; sie haben die Welt verkehrt eingerichtet und dafür gesorgt, dass allerorten das subalterne oder materielle Prinzip herrscht, das man gleich dem Volk in der Illusion der Souveränität wiegt, während es doch im Sumpf und in Ketten liegt.

Die sogenannte celadonische Zuneigung, das reine Gefühl, ist in den Augen der zivilisierten Frauen ungemein lächerlich, die sich mit ihrem moralischen Gehabe gegenseitig anstacheln, alles zu verachten, was nicht die materielle Lust ermöglicht. Die Männer sind sich in diesem Punkt nicht minder einig; sie unterscheiden sich von den Frauen lediglich darin, dass sie die Maske ablegen und jede galante Beziehung, in der das Materielle nicht befriedigt wird, offen für Unfug erklären. Als Zivilisierte haben sie Recht, da sie immer Betrug fürchten müssen. Die Meinung der Mehrheit siegt und gibt jede Verbindung der Lächerlichkeit preis, die keine sinnliche Krönung findet.
Schon beginnen die Frauen, ungeachtet ihrer vorgeblichen Hochschätzung des reinen Gefühls, einen Mann anzuklagen, dass er sich nicht als Mann verhalte.

Die Apologeten des Gefühls haben in ihren unzähligen Büchern nur dafür gesorgt, es verächtlich zu machen. Diese tollpatschigen Apostel ähneln dem Wolf in der Fabel, der dem Menschen, seinem Freund, mit einem Pflasterstein den

Schädel einschlägt, um eine Fliege zu verscheuchen, die auf der Nase des Schläfers sitzt. Den nämlichen Dienst haben unsere Moralisten dem reinen Gefühl erwiesen, als sie es mit Hohn und Spott übergossen.
Lassen wir der breiten Masse so viel Gerechtigkeit widerfahren wie irgend möglich. In den zivilisierten Liebesbeziehungen gibt es so viele Hindernisse, die Falschheit ist so weit verbreitet und die Angst vor der Täuschung so stark, dass wir das Recht haben, den Grundsatz des Faustpfandes in der Liebe aufzustellen, dass wir es zur allgemeinen Regel machen, schon zu Anfang die Gunstbezeugungen zu erhalten, ohne welche jede Beziehung in der Zivilisation höchst ungewiss und tausenderlei Betrügereien ausgesetzt ist. Ebenso wahr ist, dass dieser Grundsatz die sentimentale Beziehung schon im Keime erstickt und die galanten Beziehungen der Hypothekenordnung gleichgestellt hat, wo ein jeder sich nur auf greifbare Garantien verlassen will und das Vertrauen keine Rolle mehr spielt.

Die Herabwürdigung der körperlichen Liebe

Wir müssen endlich damit beginnen, den Frauen die nötige sinnliche Befriedigung zu gewähren, deren Mangel zu all den falschen Ansichten führt, die das Gefühl herabwürdigen. Wer die Rechte der materiellen Liebe verkennt, gefährdet die geistige Liebe und setzt sie der geheimen Verachtung der Frauen und folglich auch der Männer aus. Die Philosophen der Liebe haben, unter dem Vorwand, das materielle Prinzip herabzusetzen, das sentimentale Prinzip entthront. Unsere Gelehrten haben die materielle Liebe als reißenden Strom dargestellt, den es in seinem Bett anzustauen gilt, da er angeblich zerstörerisch ist. Und was trägt sich zu? Der eingedämmte Strom ergießt sich über die Felder und verwüstet zehnmal mehr Land, als er in einem ausreichend breiten Bett eingenommen hätte. Indem man den rechtmäßigen Aufflug und die gesellschaftliche Ausübung der materiellen Liebe, sei es durch das Konkubinat oder auf anderen Wegen, untersagt, vervierfacht man ihren Einfluss und verliert jedes Maß. Das Sentimentale ist zum gemeinen Sklaven erniedrigt, der nur noch als Deckmantel taugt.

Das Gefühl ist nicht die ganze Triebfeder der Liebe; es ist nur zur Hälfte beteiligt und kann sich nur im Wettstreit mit den materiellen Freuden entfalten. Ohne den Beistand des Materiellen wird es so ungenießbar wie eine Mahlzeit, die nur aus köstlichen Gewürzen bestünde. Lasst alle Wohlgerüche Arabiens auf einem Tisch auftragen, auf dem weder Fleisch, noch Früchte, noch Wein vorhanden sind, und eure Gäste werden die Nase rümpfen und euch sagen, dass alle diese Aromen nur bedingt zu genießen sind. Sie werden eure Wohlgerüche verschmähen und belächeln, während dieselben in Verbindung mit einem vortrefflichen Mahl eine köstliche Zutat bilden.
Ist eine Frau mit allem versehen, was die Liebe verlangt, und kann sie in voller Freiheit eine vielfältige Auswahl an kräftigen Männern, Orgien und Bacchanalen genießen, dann wird sie in ihrem Herzen großen Raum für sentimentale Illusionen finden; sie wird sich einige raffinierte Beziehungen offenhalten, um die materiellen Vergnügungen auszugleichen.

Solange man den Frauen nicht die nötige Sinnlichkeit verbürgt, ist es lächerlich, irgendeine aufrichtige Neigung für das reine Gefühl von ihnen zu erwarten.

Die Heuchelei entsteht aus der Unterdrückung. Sobald man eine der beiden Triebfedern, sei es das Materielle oder das Geistige, lähmt, tritt dasselbe ein, wie wenn man ein Bein

des menschlichen Körpers lähmt: Das andere kann nicht alleine gehen, und um sich fortbewegen zu können, muss sich der Körper auf künstliche Geräte stützen, auf Krücken, Prothesen usw. Ebenso verhält es sich in der Liebe. Wenn man unter irgendwelchen Vorwänden – moralischen oder religiösen – eine der beiden elementaren Arten der Liebe behindert, wird die andere in den falschen Rhythmus fallen: Begünstigt das Gefühl auf Kosten des Materiellen, oder das Materielle auf Kosten des Gefühls – in beiden Fällen beraubt ihr den Körper einer seiner Stützen und überlasst die Liebe der allgemeinen Falschheit. Und so gewiss man beiden Beinen volle Bewegungsfreiheit lassen muss, so gewiss muss man den beiden Elementen der Liebe dieselbe Freiheit garantieren, andernfalls beide verfälscht würden und ihre Zusammensetzung ebenso falsch wäre wie ihre Elemente.
Unterdessen berufen sich die Zivilisierten auf ihre Vorurteile, ihre tugendsamen Phantastereien, die uns zwingen, das sinnliche oder materielle Prinzip zu unterdrücken. Kürzer und offener könnte man sagen, dass sie keinen sozialen Mechanismus kennen, der es erlaubt, beiden Elementen der Liebe freien Lauf zu lassen.
Die materielle Liebe, die als roh und tierisch gilt, wird, da angeblich der Ehe hinderlich, von der zivilisierten Gesetzgebung und Moral als gemeine Leidenschaft verschrien, die uns den Tieren gleichstelle, sofern sie nicht mit der Liebe des Herzens einhergehe. Nichts ist falscher. Wenn wir unsere Mahlzeit alleine einnehmen, stehen wir dann den Tieren gleich? Ist es erniedrigend oder entehrend, allein zu speisen, wenn man keine Gesellschaft findet? Wäre ein Gesetz gerecht, das einen Menschen brandmarkt, weil er, vom Hunger getrieben, lieber alleine isst, als auf das Mahl zu verzichten? Und doch entehrt ein solches Gesetz die Frau, die, von einem dringenden Bedürfnis getrieben, das sich in Herzbeschwerden oder anderen Krankheiten äußert, einen

Mann aus roher oder tierischer Liebe in ihrem Lager duldet. Immer noch gibt es viele Eltern, die ihre Töchter lieber verschmachten oder sterben lassen, als ihnen die ersehnte Befriedigung zu gewähren. Ein junges Mädchen, das langsam dahinsiecht und leidet, weil man ihm diese Freude, welche die Natur gebietet, versagt, verdient gewiss, dass man eine Ausnahme macht. Es wäre so leicht, mit einem gewissenhaften, kräftigen Jüngling eine Abmachung zu treffen: dass er Verschwiegenheit und die üblichen Maßnahmen verspricht, um eine Schwangerschaft zu verhüten, welche die öffentliche Meinung missbilligt. Doch die Väter schieben tausend theologische und viertausend philosophische Gründe vor. Nichtsdestoweniger morden sie ihre Töchter, und die Gesetze wie die öffentliche Meinung, die die Rechte der Natur in Bezug auf die materielle Liebe derart mit Füßen treten, sind gewissen blutrünstigen Göttern gleich, die, Calchas zufolge, Iphigenies Tod forderten. Diese Götter waren so gerecht, wie unsere sechshunderttausend Wälzer in Fragen der Liebe gerecht sind. Diese Auflehnung gegen die Natur ist umso sträflicher, als die Natur sogar Helden vorgesehen hat, die denjenigen zu Hilfe eilen, die aufgrund ihres Alters reizlos sind. Dafür ein Beispiel:

Im Jahre 1816[11] wurde ein junger Mann von den französischen Gerichten belangt, weil er sechs Frauen im Alter zwischen sechzig und achtzig Jahren vergewaltigt hatte (sicher waren es noch mehr, die aber unbekannt blieben). Alle Zeitungen berichteten über den Prozess, und das Delikt war umso verzeihlicher, als die Opfer ein Alter erreicht hatten, das weder Kritik noch Schwangerschaft zu fürchten hat. Doch der Delinquent wurde verurteilt. Es ist offenkundig, dass dieser junge Phönix einem Bedürfnis folgte, und dass Bedürfnisse dieser Art bei Männern wie bei Frauen so dringend werden können, wie das Bedürfnis nach Nahrung.

11 An anderer Stelle präzisiert Fourier, dass es sich um einen jungen Mann aus der Champagne handelte, und nennt für das Urteil eine andere Jahreszahl: 1818. Der Kontext lässt vermuten, dass der »Phönix« zum Tode verurteilt wurde, während er in der Harmonie »ein hilfreicher Held« alternder Frauen gewesen wäre.

Die Entbehrung oder die Furcht vor Entbehrung des Materiellen, welche die geheime Lüsternheit der Frauen übermäßig anstachelt, verfälscht ihr Urteil in allen Fragen der sentimentalen Liebe. Ungeachtet ihres feinen Gespürs in Liebesdingen machen sie sich hierüber nur verschwommene und übertriebene Vorstellungen, die dem Gefühl zwar einen Schimmer von Verehrung verleihen, indirekt aber die Tyrannei des Materiellen besiegeln. Es ist bekannt, wie sehr der Mangel und das Verbot einer Lust den Wunsch nach ihr verstärken, sodass der Geist nicht mehr beurteilen kann, was in dieser Hinsicht schicklicherweise zu berücksichtigen ist. Wie sollten unsere Damen, die seit der Pubertät an diese geheime Erregung gewöhnt sind, nicht deren Einfluss erliegen und Vorurteile entwickeln, die sie unfähig machen, zwischen dem Materiellen und dem Sentimentalen zu entscheiden?

Das »Fiasko«[12], ein Ergebnis des Konflikts zwischen Zärtlichkeit und Begierde

Ein bemerkenswertes Zeichen dafür, wie unerfahren die Zivilisierten in diesen Fragen sind, ist, dass sie die Verletzung des Gefühls nicht vertragen, die dem Willen der Natur so sehr zuwiderläuft, dass sie sich gegen den Schänder kehrt und ihn zuweilen mit vorübergehender Impotenz straft. Es ist dies ein Missgeschick, das auch den tüchtigsten Männern im besten Alter widerfahren kann, wenn sich die Lösung einer Spannung allzu unvermutet bietet und törichte Eigenliebe oder die Furcht, sich lächerlich zu machen, jemanden zur Tat schreiten lässt, dessen Geist und Herz noch ganz in der sentimentalen Leidenschaft befangen sind. In diesem Fall entsteht ein Konflikt zwischen den beiden Möglichkeiten: der brutalen Seite und der empfindsamen Seite (jede allzu starke Leidenschaft saugt eine andere auf). Ohne Zweifel ist dieser Konflikt gegen den Willen der Natur, die die brutale Seite abweist. Dieses Missgeschick stößt

12 Diesen Terminus entnehmen wir Stendhal, De l'amour, *1822; Fourier nennt dieses Missgeschick »materielles Versagen«.*

rein materiell veranlagten Menschen nicht zu, da sie das Gefühl nicht gegen die sinnlichen Neigungen ausspielen. Aber man braucht sich nur vor Augen zu halten, dass es auch über die kraftvollsten Männer in der Nähe der Frau hereinbricht, die sie am innigsten lieben, um berechtigterweise den Schluss zu ziehen, dass die Zivilisierten nicht fähig sind, Vorfälle zu beurteilen, bei denen das Gefühl verletzt wird. Denn das materielle Versagen, um das es hier geht, ruft allgemeinen Spott hervor, insbesondere vonseiten der Frauen, die den Missetäter sogar dann verurteilen, wenn er am nächsten Tag seine Ehre wiederherstellt und beweist, dass es nicht ein Mangel an Manneskraft war, sondern ein Übermaß an Gefühl und die Entweihung eines Feuers, das noch weit entfernt war von dem Grad der Reife, wo Begierde und Gefühl einander die Waage halten.

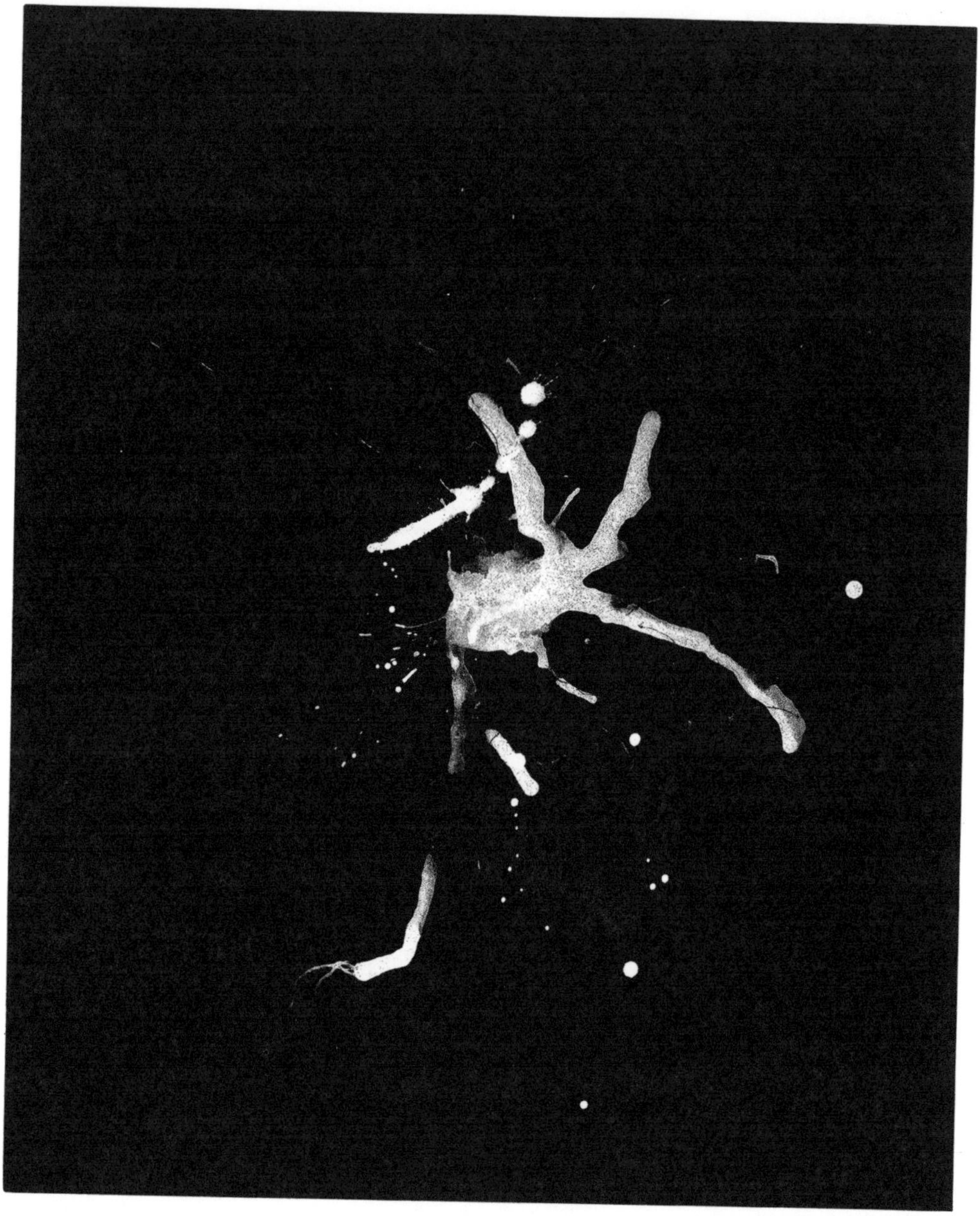

Hässlichkeiten der Liebe

Egoismus, Zynismus, Arglist

Was ist ein Liebespaar nach der heutigen Methode? Ein Individuum zu zweit, welches das Glück für sich allein pachten will. Ein solches Paar ist dem Mann vergleichbar, der in seinem Keller die besten Weine der Welt lagert, aber sie stets alleine trinkt, ohne je einen Freund, Verwandten oder Nachbarn einzuladen.

Es gilt, die Mittel zu finden, um der ausschließlichen Herrschaft des Egoismus in der Liebe vorzubeugen, welcher der verächtlichste Aufschwung des materiellen Prinzips ist, wiewohl die einzige Form der Liebe, die die zivilisierten Gesetze zulassen.

Ein Mann, für den die Frauen schwärmen, ist oft ebenso fade wie ihr Schoßhund; häufig ist er nur ein Egoist, ein mit allen Wassern gewaschener Spitzbube. Umso besser gelingt es ihm, die Herzen der Frauen zu erobern, denn in der Zivilisation hat die Ehre keine Geltung bei den Frauen. Ihre liederlichen Neigungen sind von ebenso platten wie zynischen Motiven bestimmt. Oft bedarf es nur der Eifersucht, damit ein Bauernlümmel zum Helden eines Dutzend kleiner Mätressen aufsteigt. Sobald ihn eine an sich reißt, wollen auch die anderen ihn erproben; sie bewundern und lobpreisen ihn und vergessen, dass sie ihn noch vor einem Monat allesamt verunglimpft haben.
In der Zivilisation kann man hören, dass eine ganze Schar von Frauen von einem Mann sagt, er sei überaus charmant, einmalig! Und was hat er geleistet? Er hat mit euch allen geschlafen und euch danach höchst unverschämt

behandelt; der gemeinste Kutscher könnte es mit ihm aufnehmen.

Welches Ziel hat bei uns die Jugend in der Liebe? Keines. Alles erschöpft sich in unverbindlichen Artigkeiten; es gibt keinen Prüfstein, der eine Entscheidung herbeiführen könnte; der Ruhm bleibt dem schieren Zufall überlassen, einer unbesonnenen Mode, die häufig dem Einfältigsten die Palme überreicht. Zynismus und Arglist geben den Ton an, und aller Ruhm der galanten Welt gründet meist allein auf diesen beiden Eigenschaften.
Man wollte der unsozialen oder ausschließlichen Liebe die Krone aufsetzen, doch die Erfahrung zeugt gegen sie; die Zivilisation bringt in der galanten Welt nur tyrannische und geprellte Männer hervor, die weder Ritterlichkeit noch Zartgefühl kennen, niederträchtige und heimtückische Frauen ohne Scham und Aufrichtigkeit.
Derlei Ergebnisse beweisen zur Genüge, dass das zivilisierte System sich in Dingen der Liebe weit von den Pfaden der Ehre entfernt.

Bei den Zivilisierten ist nichts schändlicher und verabscheuenswürdiger als ihre fast allgemein verbreitete Sitte, die Menschen, die sie einstmals vergöttert haben, gänzlich zu vergessen. Diese Undankbarkeit ist ein überaus ekelhafter Zug der Zivilisation. Man trifft hier nur Charaktere, die für alles stumpf geworden sind, das sie einst geliebt haben.

Und wie sollten die Männer an Gesten der Ritterlichkeit denken, wenn die Frauen keinen Schadenersatz verlangen, sondern sich schändlicherweise jede Schmach gefallen lassen, die ihre Herrn und Meister ihnen anzutun belieben? Die Zivilisation konnte bei den Frauen nur einen mit Züchtigkeit übertünchten Zynismus hervorbringen, dem jedes

Ehrgefühl abgeht. Kann es dann Wunder nehmen, dass die Männer als einzige Lebensregel nur den Zynismus und den schäbigen Vorteil kennen, die einzigen Triebfedern der vorgeblichen Galanterie der Zivilisierten?

In der Zivilisation sind die Liebesbeziehungen, ganz wie die Politik, der Gipfel der Heuchelei; alle unsere Sitten wie Ehebruch und Hahnreitum, bezahlte Prostitution, Prüderie der Greise, Falschheit der Mädchen und Zügellosigkeit der Knaben sowie das geheime Luderleben aller Klassen beweisen, dass ein höherer Grad an Verderbtheit kaum noch möglich ist.

Quartette und andere Orgien

Es ist das höchste Vergnügen einer ehrbaren Gesellschaft, unter dem Vorwand guter Sitten und guter Nachbarschaft der zärtlichen Gatten, jene Art von Begegnungen zwischen zwei oder drei Paaren zu arrangieren, die nach einigen unschuldigen Zusammenkünften, Festessen, Spaziergängen und Landpartien allmählich zu engeren Beziehungen und dann zu groben Vertraulichkeiten übergehen; wobei das Ganze auf höchst mystische Weise mit dem Schleier der Moral und unschuldiger Spielereien der guten Gesellschaft und guten Nachbarschaft verhüllt wird, zu deren Ehre sich besagte Paare nach dem Willen der Philosophie als Geschwister und Freunde gebärden, die alles gemeinsam besitzen. Man hütet sich wohl, diesen Grundsatz zuzugeben, doch er wird praktiziert, was immerhin besser ist, als ihn nur zu verkünden. Folglich bedient sich jede der drei Damen freimütig der beiden Gatten ihrer Nachbarinnen, und jeder der drei Ehemänner bedient sich ebenso freimütig der ehrbaren, mit Moral und Prüderie geschminkten Gattinnen. Es gibt keine anziehendere Unterhaltung für die Bürgerlichen als solche Quartette und Sextette, bei denen man so hurtig Männlein und Weiblein austauscht. Oft werden diese Partys nur mit Freunden des Hauses veranstaltet, was ein weit besseres Gelingen verspricht. Bemerkenswert an solchen Beziehungen ist, dass die Zuneigung zwischen den Beteiligten sehr rasch wächst; ein jeder plündert das Feld des anderen.

Manche Leser werden mir vorwerfen, es sei ungeschickt, ja unziemlich, die feine Gesellschaft derart zu beleidigen und sie grober Orgien in ihren Liebschaften zu bezichtigen, bei denen sie sich doch mancher Raffinements rühmen darf; besaßen doch die Kurtisanen, sogar Frauen wie Ninon und Aspasia[13], die halb käuflich waren, die Kunst, ihre Liebhaber dauerhaft zu fesseln. Auch wenn man Ausnahmen gelten lässt, sprechen sie nicht zugunsten der zivilisierten Liebesbeziehungen. Mögen einige Liebende es verdienen, auf dem Gebiet der Ehre ausgezeichnet zu werden, so ist es doch ein Schandfleck für die große Mehrzahl, die in der Liebe die Gesetze der Ehre nicht kennt.

13 Ninon de Lenclos, 1620-1705, hochgebildete Kurtisane, die bis ins hohe Alter die Notabeln ihrer Zeit in ihrem Salon empfing; Aspasia, Kurtisane im antiken Griechenland, berühmt durch ihre Schönheit und ihren Geist. Auch Sokrates gehörte zu ihren Gästen.

Über die Frauen

Die Erniedrigung der Frau

Kann man auch nur einen Schimmer von Gerechtigkeit in dem Los erblicken, das den Frauen beschieden ist? Ist das junge Mädchen nicht eine Ware, jedem feilgeboten, der ihren Erwerb und Alleinbesitz aushandeln will? Ist ihre Zustimmung zum Ehebund nicht der blanke Hohn, erzwungen durch die Tyrannei der Vorurteile, die sie von Kindheit an bedrängen? Man will ihr einreden, sie trüge Ketten aus Blumen; doch kann sie sich über ihre Erniedrigung täuschen, selbst in jenen von Philosophie aufgeplusterten Ländern wie England, wo die Männer das Recht haben, ihre Frau mit dem Strick um den Hals zu Markte zu führen und sie wie ein Stück Vieh demjenigen zu verkaufen, der den Preis dafür zahlen will? Ist unsere öffentliche Meinung in dieser Beziehung etwa fortgeschrittener als in jenen rohen Jahrhunderten, in denen ein gewisses Konzil von Burgund, ein wahres Konzil von Vandalen, darüber beriet, ob die Frauen eine Seele haben? Und dies wurde nur mit einer Mehrheit von drei Stimmen bejaht. Die von den Moralisten so hoch gepriesene englische Gesetzgebung gesteht den Männern noch weitere Rechte zu, die ihr Geschlecht nicht minder entehren, zum Beispiel das Recht des Ehemanns, sich von dem überführten Liebhaber seiner Frau eine finanzielle Entschädigung zahlen zu lassen. In Frankreich sind die äußeren Formen zwar weniger plump, doch die Sklaverei ist im Grunde auch hier dieselbe. Hier wie überall sieht man junge Mädchen dahinsiechen, krank werden und sterben, weil ihnen eine Verbindung fehlt, welche die Natur gebieterisch verlangt und die ihnen das Vorurteil unter Androhung der Entehrung versagt, solange sie nicht rechtmäßig verkauft worden sind. Solche Fälle kommen zwar selten, aber doch häufig genug vor, um die Sklaverei des schwachen Geschlechts, die Missachtung des Willens der Natur und das Fehlen jeder Gerechtigkeit gegenüber den Frauen zu bezeugen.

Die erste Maßnahme der Gerechtigkeit gegenüber den Frauen wäre, ihnen Volljährigkeit in der Liebe zu gewähren, sie in einem bestimmten Alter von der Schmach zu befreien, zum Verkauf ausgestellt und gezwungen zu werden, so lange auf Männer zu verzichten, bis ein Unbekannter auftaucht, der sie erhandelt und heiratet. Ich meine, man hätte die Frauen, sobald sie achtzehn Jahre sind, für emanzipiert und frei erklären sollen, vorbehaltlich einer schicklichen Regelung ihrer Liebschaften.

Mit achtzehn Jahren hat eine Frau bereits vier Jahre körperlicher Reife durchlebt; dies ist meines Erachtens eine hinreichende Zeitspanne, in der die Männer der Stadt oder des Bezirks sich überlegen und darüber schlüssig werden können, ob sie sie haben wollen oder nicht.

Da die Männer, nach dem Gesetz des Stärkeren, darauf bestehen, den jungen Mädchen allen Genuss zu untersagen, um ihre erste Blüte dem nächstbesten Grobian aufzusparen, der sie erhandelt – müsste man dann nicht für das Wohl derer sorgen, die keinen Käufer finden? Sollte man sie nicht nach einigen Versuchsjahren unter die Leute bringen und sie ermächtigen, nach eigenem Gutdünken zu handeln und sich rechtens einen Liebhaber zu nehmen, den sie sich ohne diese Erlaubnis ja ohnehin nehmen? Das junge Mädchen, das nach vier Jahren der Ausstellung auf Bällen und Spaziergängen, bei Hochämtern und Predigten keinen Gatten gefunden hat, läuft Gefahr, niemals einen zu finden; denn die Gründe, welche die Männer abgeschreckt haben, sind nach den vier Versuchsjahren dieselben wie zuvor.

Es wäre umso vernünftiger, etwas für die sitzengebliebenen Mädchen zu unternehmen, als sie gemeinhin die schönsten sind und die schönsten Kinder gebären würden. Man sieht viele schöne Frauen ledig bleiben, weil ihre Schönheit ein Schreckgespenst für die Männer ist, denn sie fürchten das Hahnreitum und machen die Ehe zu einer Angelegenheit der Vernunft, Eifersucht und Habgier. Solch häuslicher Machiavellismus lässt gerade die vortrefflichsten Mädchen brach liegen, die am geeignetsten wären, einen Haushalt zu führen. Es gibt nichts Empörenderes, als diese unglücklichen Mädchen nur deshalb verschmäht zu sehen, weil kein Gold zu ihren Gunsten spricht.

Die jungen Mädchen, die mit zwanzig Jahren noch ledig sind, werden von den Männern verhöhnt. Man macht sich über die Verschmähten lustig, überhäuft sie mit Spott und Anzüglichkeiten, und die öffentliche Meinung zwingt sie, gegen das Gesetz zu verstoßen und sich heimlich einen Liebhaber zu nehmen. Die Männer sind den Frauen gegenüber so giftzüngig, so ungerecht, dass sie sie in jedem Falle verlästern, ob sie nun ihre Jungfräulichkeit bewahrt oder in einem Alter verloren haben, in dem es immer schwerer wird, diese Bürde zu tragen. Was riskiert man denn, wenn man den Frauen über achtzehn Freiheit in der Liebe zubilligt, und welche Vorteile hat das Unterdrückungssystem der Philosophen bisher eingebracht?
Die Liebesfreiheit entwickelt kostbare Eigenschaften bei jenen Klassen, die diese Freiheit am meisten genießen, nämlich bei den Damen edler Herkunft, den Kurtisanen mit vornehmer Lebensart und den unverheirateten Kleinbürgerinnen.
Bei diesen drei Klassen von Frauen ist die glücklichste Entwicklung zu beobachten; ließen sich ihre Eigenschaften vereinen, so erhielte man die Vollendung. Die Hofdamen,

worunter ich die galanten Damen verstehe, benehmen sich frei und ungezwungen, ihr gewinnender Ton erweckt Freundschaft. Sie verführen denjenigen, der sie zum ersten Mal sieht, auf Anhieb; er glaubt, überirdischen Wesen zu begegnen, so sehr stechen sie von den Bürgerinnen ab, diesen Lügenmaschinen, diesen engen Seelen, in deren Herzen ausschließlich die materielle Liebe herrscht, sodass andere Leidenschaften keinen Platz mehr darin finden; die keiner Freundschaft, keiner Begeisterung für die Kunst oder anderer edler Gefühle fähig sind. Ohne Zweifel haben auch die Hofdamen ihre schwachen Seiten, aber sie verleihen der Intrige Buntheit, Natürlichkeit und Großmut. Kann man sie darob tadeln, dass sie es verstehen, das Laster zu verschönen, das ohnedies in der Zivilisation herrscht?

Die Kurtisanen mit vornehmer Lebensart haben, von gewissen Schlichen abgesehen, die ihre Lebensweise nötig macht, viele edle Eigenschaften. Sie sind zuvorkommend, hilfsbereit und herzlich, und ihr Charakter wäre erhaben, wenn sie ein gutes Auskommen hätten; ein Beispiel dafür ist Ninon. Ans Vergnügen gewöhnt, verlieren sie jene Verschlagenheit, jene fleischlichen Hintergedanken, die man bei den moraltriefenden Bürgerinnen und Hausfrauen antrifft, die hinter ihren zur Schau gestellten Gefühlen in jedem Augenblick eine Sinnlichkeit durchblicken lassen, die sie hartnäckig leugnen, eine Sinnlichkeit, die keine Frau entstellt, wenn sie mit den Regungen der Seele in Einklang steht, wie es bei den Damen der Fall ist, die offen ein galantes Leben führen.

Die Kleinbürgerinnen, Ladeninhaberinnen, Arbeiterinnen usw. sind vor ihrer Heirat eine Klasse vollständig freier Frauen, vor allem in den großen Städten. Vor den Augen von Vater und Mutter haben sie einen Liebhaber, wechseln ihn bei jeder Gelegenheit und genießen im Überfluss, was den Mädchen höheren Standes versagt wird. Gewiss ist ihre

Sucht, sich beständig zu verstellen, tadelnswert; aber diese Sucht ist dem schlechten Benehmen der Männer aus dem mittleren Stande anzulasten, die sie umgeben. Im Übrigen haben sie glückliche Anlagen; sie sind vor allem ausgezeichnete Hausfrauen und den höheren Töchtern aus der Belétage bei weitem vorzuziehen.
Kurz, man würde den weiblichen Charakter zur Vollendung erheben, wenn man die Eigenschaften der drei genannten Klassen von Frauen vereinen könnte; und eben dies würde eine Gesellschaftsordnung leisten, die dem weiblichen Geschlecht den vollen Genuss der Liebesfreiheit gewährt. Da ihr jedoch nur ein Ziel zu erreichen trachtet, nämlich das der Hausfrau, missrät euch alles, und zwar weil ihr euch zu wenig vorgenommen habt. Eure jungen Mädchen, aufgebläht mit Vorurteilen und Philosophie, sind unnatürliche, stets von Begierden zerfressene Geschöpfe; ihr Geist ist beständig zerstreut, sie arbeiten nur mit Widerwillen, behandeln die schönen Künste, die man sie lehrt, nur oberflächlich, vergessen nach der Heirat alles, was man ihnen beigebracht hat, und werden bald schlechte Hausfrauen, wenn der Gatte nicht geschickt genug ist, sie an der Leine zu führen. Die Welt verblendet und umgarnt sie umso rascher, als sie keinerlei Erfahrung haben, während eine Frau, die schon vor der Ehe Erfahrungen gesammelt hat, weniger auf Vergnügungen erpicht ist, die Arglist der Galane besser kennt und sich umso mehr an den Haushalt und den Gatten bindet, als sie ihn als Schutz gegen männliche Nachstellungen betrachtet. Nimmt sie Stellvertreter, so mehr der Abwechslung als der Leidenschaft wegen; über ihren Liebschaften wird sie die Interessen des Haushalts nicht aus den Augen verlieren und das unvermeidliche Missgeschick des Hahnreitums möglichst versüßen. Solche Frauen passen vorzüglich zu sorglosen Männern, zu den gutmütigen Gatten, die eine energische Frau brauchen, ein Mannweib, das das

Steuer des Haushalts zu handhaben weiß und die Hosen anhat. Eine solche Ehefrau wird einen schwachen Mann glücklich machen, denn sie schenkt ihm die wahre Gattenliebe, die doch nichts anderes ist als eine Interessengemeinschaft zwischen den Ehegatten, ein Bündnis gegen die Niedertracht der Gesellschaft.
Doch wie viele andere Männer gibt es, die sich mit jenen von Vorurteilen überpuderten Frauen, jenen philosophischen Automaten nicht abfinden können, deren Charakter ein unlösbares Rätsel ist und die mit ihrer gespielten Naivität das Misstrauen selbst der Philosophen erregen! Denn sie wissen besser als irgendjemand, wie wenig man der Unschuldsmiene trauen darf, die die Erziehung den jungen Mädchen aufsetzt. Jede Frau von lockerem Lebenswandel erschien vor ihrer Ehe so unschuldig wie eine andere; dieser Firniss aus Züchtigkeit ist eine Maske, die keinen Mann täuscht und die Heirat nicht beschleunigt, sondern nur dazu dient, die Frauen in der Kunst der Verstellung zu üben. Man weiß, dass ein Liebeshauch genügt, in ihnen Leidenschaften zu entfachen und einen noch unbekannten Charakter zu entwickeln, dessen Güte oder Bosheit selbst für erfahrene Männer ein undurchdringliches Geheimnis bleibt. Kurz, das ganze Geschwätz über die moralische Erziehung ist nur ein *circulus vitiosus*, wie alle zivilisierten Bräuche, und bringt allen Ehemännern nur die Schande ein, die sie vermeiden wollen. Die Philosophen verwirrt nur die Erkenntnis, dass man letztlich doch zu dem Hahnreitum gelangt, vor dem ihnen graut. Daher ändern diese Gelehrten auch täglich ihr Erziehungssystem, mit dem einzigen Ergebnis, die Neigungen der jungen Mädchen zu verschleiern, nicht aber zu verändern.

Sie regen sich auf, wenn man die Frauen für die Wissenschaft oder die Kunst erzieht; sie möchten in den jungen

Mädchen nur ein Interesse wecken, das für den Kochtopf; das sind ihre eigenen Worte, die sie sogar von der Bühne verkünden. Es ist ihnen nur daran gelegen, alle Freude am Genuss zu vergällen; für die Zukunft sehen sie nur Hörner voraus. Sie schimpfen über den Geschmack der Frauen und sind argwöhnisch wie die Eunuchen im Harem.

Es ist verwunderlich, dass unsere Philosophen den Hass der antiken Gelehrten auf die Frauen geerbt haben und dass sie fortfahren, das schwache Geschlecht herabzusetzen, einiger Schliche wegen, zu denen die Frau durch den Druck gezwungen ist, der auf ihr lastet; denn man rechnet ihnen jedes Wort und jeden Gedanken, die mit dem Willen der Natur übereinstimmen, als Verbrechen an.
Von diesem tyrannischen Geist ganz durchdrungen, preisen uns die Philosophen einige Megären der Antike, die auf höfliche Worte grobe Antworten gaben. Sie preisen die Bräuche der Germanen, die ihre Frauen wegen einer Untreue mit dem Tode bestraften, ja sie erniedrigen das schwache Geschlecht noch dann, wenn sie ihm Weihrauch streuen. Die Frauen könnten den Philosophen erwidern: Eure Zivilisation verfolgt uns, sobald wir der Natur gehorchen, man zwingt uns, einen künstlichen Charakter anzunehmen und nur Antrieben zu folgen, die unseren Wünschen widersprechen. Um uns diese Doktrin schmackhaft zu machen, blieb euch nichts anderes übrig, als Illusionen und eine verlogene Sprache ins Feld zu führen. Genauso treibt ihr es mit dem Soldaten, dem ihr Lorbeeren und Unsterblichkeit vorgaukelt, um ihn über sein elendes Los hinwegzutäuschen. Wäre er wirklich glücklich, dann könnte er eine einfache und aufrichtige Sprache vertragen, die ihr ihm aber wohlweislich vorenthaltet. Ebenso steht es mit den Frauen. Wären sie frei und glücklich, so würde es sie weniger nach Illusionen und Schmeicheleien gelüsten.

Wenn es aber nötig ist, das Militär und das weibliche Geschlecht, ja das ganze Volk ständig zu betrügen, so ist das eine Anklage gegen die Philosophie, die in dieser Welt nichts anderes zu organisieren vermochte als Unglück und Knechtschaft. Und wenn die Philosophie über die Fehler der Frauen spottet, dann kritisiert sie nur sich selbst; sie ist es, die diese Fehler durch ein Gesellschaftssystem hervorbringt, das die Fähigkeiten der Frauen von Kindheit an und während ihres ganzen Lebens unterdrückt und sie zur Verstellung zwingt, um ihrer Natur gehorchen zu können.
Beurteilt man die Frauen nach dem schlechten Charakter, den sie in der Zivilisation entfalten, so ist das, als wollte man die Natur des Menschen nach dem Charakter des russischen Bauern beurteilen, der weder Ehre noch Freiheit kennt, oder den Biber nach dem Stumpfsinn, den er als Haustier zeigt, während er doch in Freiheit und bei gemeinschaftlicher Arbeit der intelligenteste aller Vierfüßler ist. Außerhalb dieser freien Ordnung aber wird die Frau, gleich dem domestizierten Biber oder dem russischen Bauern, zu einer Kreatur, die so weit unter ihrer Bestimmung und ihren Fähigkeiten lebt, dass man geneigt ist, sie zu verachten, wenn man sie nur oberflächlich und nach dem äußeren Schein beurteilt. Darum darf man sich nicht wundern, dass Mohammed, das Konzil von Burgund und die Philosophen darüber stritten, ob die Frau eine Seele habe, und nur daran dachten, ihre Ketten noch härter zu schmieden, statt sie zu brechen.
Die Frauen scheinen eines Herrn und Meisters mehr zu bedürfen als der Freiheit; daher pflegen sie unter ihren Liebhabern auch den vorzuziehen, dessen Verhalten es am wenigsten verdient. Wie aber sollen sie diese gemeinen sklavischen Neigungen ablegen können, wenn ihre Erziehung sie von Kindheit an dazu abgerichtet hat, ihren Charakter zu verleugnen und dem ersten Besten gefügig

zu sein, den Zufall, Intrige oder Habgier ihnen zum Mann geben?

Unsere Zivilisierten, die Frau und Esel vor den gleichen Karren spannen, kommen gar nicht auf den Gedanken, dass der Schöpfer die Frau dazu bestimmt haben könnte, in allen sozialen Bereichen mit dem Mann zu wetteifern und ein Gegengewicht gegen seinen Einfluss zu bilden, der stets grob und bedrückend ist, da er einzig auf Gewalt gründet. Ein Umstand, der viel dazu beigetragen hat, die Geister über die Bestimmung des weiblichen Geschlechts zu täuschen, ist die Tatsache, dass die Frauen, wie alle in Knechtschaft lebenden Klassen, sich untereinander hassen, das unterdrückende Geschlecht anbeten und jeden Mann verachten, der ihre Partei ergreift und ihr Sklavendasein beklagt. Dieser Zustand der Knechtschaft zwingt sie zur Heuchelei, dem einzigen Mittel, das tyrannische Geschlecht zu hintergehen; und wegen dieses scheinbaren Unrechts kommen unsere Philosophen zu dem Schluss – einer Doktrin, die der der Türken alle Ehre macht –, dass die Frau ein lasterhaftes, untergeordnetes Wesen ist, und verdammen somit die Hälfte des Menschengeschlechts zu Unwissenheit und Bedeutungslosigkeit.

Da man nicht einmal ahnt, dass die Frau dazu bestimmt sein könnte, schon im zarten Alter in der Industrie, in Kunst und Wissenschaft wie auch in den sozialen Tugenden zu glänzen, weiß man nichts Besseres zu tun, als sie auf das Ehejoch eines Unbekannten vorzubereiten, der sie erhandeln wird. Ich räume ein, dass die zivilisierte Ordnung solch einer niederträchtigen Politik bedarf; aber ebenso gewiss ist, dass die Philosophen sich vorsätzlich dazu hergeben und noch heimtückischer als andere darauf hinarbeiten durch ihre Sophismen, die sie weidlich gebrauchen, um die Frauen

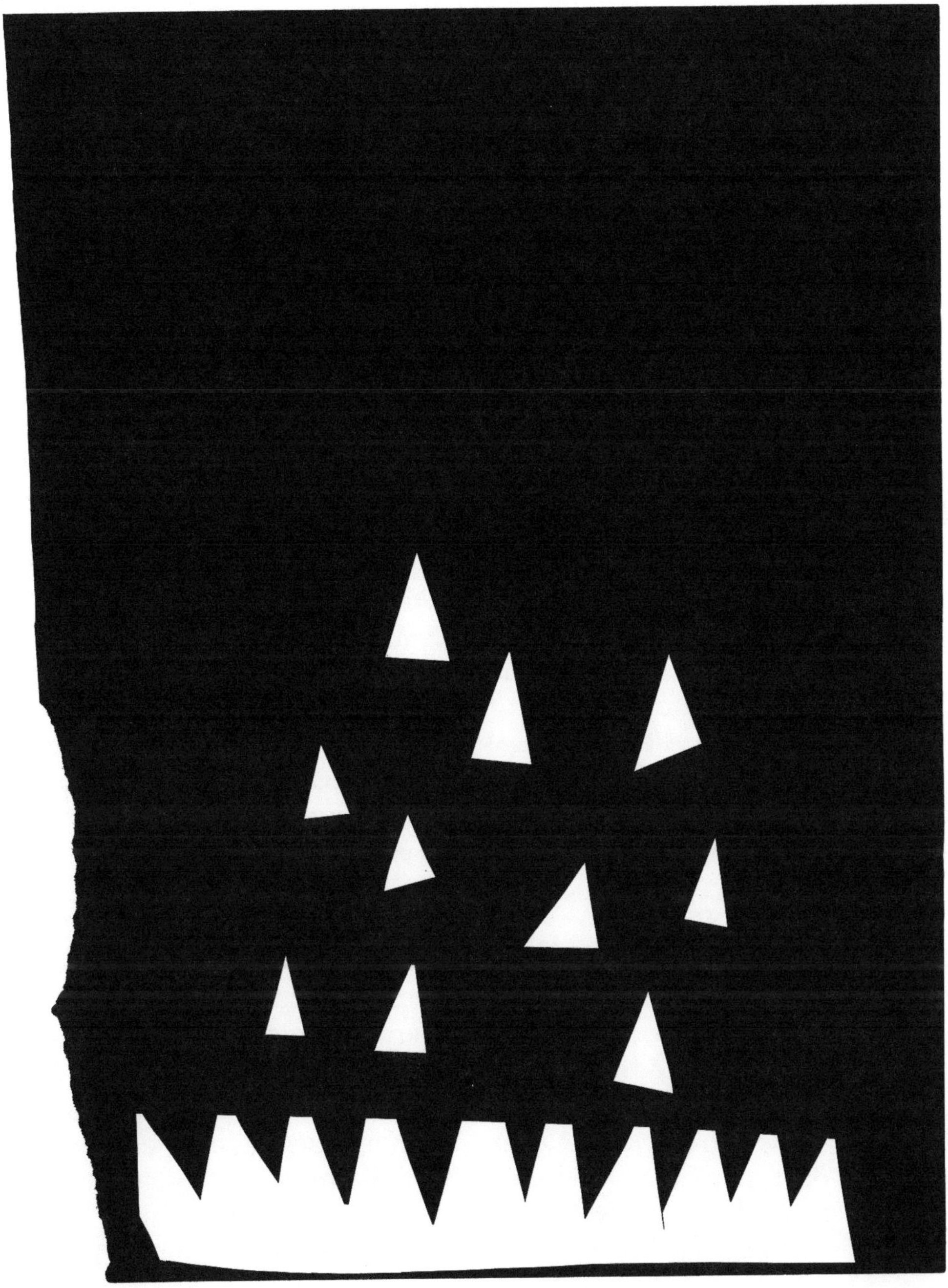

vom Weg des Ruhms abzudrängen oder mit Gewalt davon fernzuhalten.

Frauen sind nicht unbeständiger als Männer

Die Frauen wissen so wenig über ihre Bestimmung, dass sie es bisweilen zulassen, dass man über ihre Unbeständigkeit spottet, gegen welchen Vorwurf sie sich sehr schlecht verteidigen. Sofern sie nur die These studieren, die ich hier darlege, werden sie den jungen wie den alten Schwätzern das Maul stopfen können, die den Frauen unablässig ihre Flatterhaftigkeit vorhalten und dabei vergessen, dass diese Anklage gänzlich absurd ist, da sie notgedrungen beide Geschlechter zugleich treffen muss, denn keines kann ohne die Mitwirkung des anderen treulos sein. Die Zivilisierten haben die Begabung, viele Jahrhunderte lang über die absurdesten Ansichten zu witzeln. Wenn die Frauen unbeständig sind, so ist das ein Beweis dafür, dass die Männer gleichermaßen unbeständig sind. Da der Vorwurf somit die gesamte Menschheit trifft, inkriminiert er nur die Schönschwätzer, die über etwas Beschwerde führen, das doch in der Natur des Menschen liegt. Das Menschengeschlecht der Unbeständigkeit zu bezichtigen, ist dasselbe, als wollte man dem Reh vorwerfen, dass es sich gern in Wäldern aufhält; muss es sie nicht lieben, da es geschaffen ist, darin zu leben?

Da nun die Männer nur die Unbeständigkeit lieben und den Frauen mit nichts anderem in den Ohren liegen; und da jede hübsche Frau neben einem Besitzer, ob Gatten oder Liebhaber, der ihr Treue anrät, zwanzig Verehrer trifft, die ihr Untreue anraten, wie auch ihr Gatte zwanzig anderen Frauen vor ihr Untreue angeraten hat, liegt es auf der Hand, dass neunzehn von zwanzig Liebeskämpen im besten Mannesalter, zwischen fünfundzwanzig und dreißig Jahren, der Untreue das Wort reden und dass die Frauen sie begehen müssen, um sich dem Verhalten der Männer, ihren geheimen Machenschaften anzupassen, die ihrer öffentlichen Scheinheiligkeit, ihren moraltriefenden Unterhaltungen so sehr widersprechen, dass sie selbst insgeheim darüber spotten.

Die Zivilisation kritisiert ganz offen ihre Eigenarten, zum Beispiel die Falschheit, die in Liebesbeziehungen herrscht. Im Theater, in Romanen und Gesellschaften wird dagegen gestichelt, und die Witze über dieses Thema, obwohl schon schal geworden, werden täglich wiederholt, als wären sie neu. Sie richten sich vor allem gegen die Frauen, ganz unberechtigterweise, denn beide Geschlechter betrügen einander in der Liebe um die Wette. Und wenn die Männer weniger verlogen erscheinen, so deshalb, weil das Gesetz ihnen mehr Spielraum lässt und dem starken Geschlecht als Artigkeit auslegt, was beim schwachen Geschlecht als Verbrechen gilt.

Unzulänglichkeit der gelehrten Frauen

Die männliche Eifersucht hat sich vor allem gegen die Schriftstellerinnen gerichtet; die Philosophie hat ihnen die akademischen Ehren versagt und sie schmählich in die Küche zurückgeschickt.

Doch haben die gelehrten Frauen diese Schmach nicht verdient? Der Sklave, der seinen Herrn nachäfft, verdient von ihm nur einen verächtlichen Blick. Was brauchten sie den abgeschmackten Ruhm, ein Buch zu schreiben und den Millionen unnützer Bände noch ein paar mehr hinzuzufügen? Die Frauen sollten keine Schriftsteller hervorbringen, sondern Befreier, einen politischen Spartakus, Genies, die auf Mittel sinnen, ihr Geschlecht von der Erniedrigung zu befreien.

Auf den Frauen lastet die Zivilisation; Sache der Frauen wäre es, sie anzugreifen. Dies ist das einzige Thema, das

der Schriftstellerinnen würdig wäre; ihre Gleichgültigkeit in diesem Punkt ist eine der Ursachen, welche die Verachtung der Männer noch gesteigert haben. Der Sklave ist nie verächtlicher, als wenn er durch blinde Unterwerfung den Unterdrücker davon überzeugt, dass sein Opfer für die Sklaverei geboren ist.
Weit davon entfernt, auf Mittel zur Befreiung ihres Geschlechts zu sinnen, haben die gelehrten Frauen sich dem philosophischen Egoismus verschrieben; sie haben die Augen vor der Unterjochung ihrer Genossinnen geschlossen, deren traurigem Los sie zu entrinnen verstanden hatten. Sie haben kein Mittel zu ihrer Befreiung gesucht; darum auch haben die Herrscherinnen, die ihrem Geschlecht hätten dienen können und wie Katharina klug genug waren, Vorurteile zu verachten, nichts für die Befreiung der Frauen getan. Niemand hatte eine Vorstellung entwickelt, niemand eine Methode der Freiheit in der Liebe angegeben.
Es wäre Sache der gelehrten Frauen gewesen, die Möglichkeiten der Befreiung der Frauen zu erforschen; indem sie diese Aufgabe vernachlässigten, haben sie ihren literarischen Ruhm getrübt und verdunkelt, und die Nachwelt wird nur ihren Egoismus und ihre Erniedrigung sehen.
Wie lässt sich die Gleichgültigkeit der Frauen erklären, die zwar gelehrt genug sind, dicke Romane zu schreiben und sogar politische Unruhen zu stiften, wie das letzte Werk von Madame de Staël *(Über Deutschland)* beweist, aber sich nie gegen die Verfolgung der Männer auflehnen?

Darf man sich dann wundern, wenn man sieht, dass die Politik seit 2500 Jahren reine Männersache und ausschließlich mit Männerangelegenheiten befasst ist, dass es noch niemals eine weibliche Politik gegeben hat, noch nie irgendeine Körperschaft, die sich damit befasst hätte, die Rechte des weiblichen Geschlechts zu erweitern? Ich sage dies zur

Schande vieler berühmter Frauen, die ungeachtet ihrer glänzenden Möglichkeiten, ihrem Geschlecht zu dienen, diese neue Laufbahn nicht erkannt haben. Sie einzuschlagen wäre umso leichter gewesen, als sie sich auf einen einzigen Punkt beschränkte: für die Frauen die freie Ausübung der Liebe durchzusetzen.

Die außergewöhnliche Frau

Es ist erstaunlich, dass die Frauen sich den Männern stets überlegen gezeigt haben, wenn sie auf dem Thron ihre natürlichen Fähigkeiten entwickeln konnten, deren freie Entfaltung die Krone ihnen gestattete. Ist es nicht allgemein bekannt, dass von acht Herrscherinnen, die frei und unvermählt waren, sieben ruhmvoll regierten, während auf acht Könige in der Regel sieben schwache Herrscher entfallen? Und wenn einige Frauen auf dem Thron nicht geglänzt haben wie Maria Stuart, dann nur deshalb, weil sie sich von den Vorurteilen in der Liebe behindern und irreleiten ließen, statt sich kühn über sie hinwegzusetzen. Wenn sie sich aber dazu entschlossen, welche Männer wussten dann besser als sie das Zepter zu führen? Elisabeth und Katharina sind zwar nicht selbst in den Krieg gezogen, aber sie verstanden es, ihre Generäle auszuwählen, und sie haben eine gute Wahl getroffen. Haben die Frauen nicht auch in jedem anderen Gebiet der Staatsführung den Männern Lektionen erteilt? Welcher Fürst hat eine Maria Theresia an Standhaftigkeit übertroffen, die in einem Augenblick, da das Unheil über sie hereinbrach, die Treue ihrer Untertanen wankte und ihre Minister wie betäubt waren, es allein unternahm, allen neuen Mut einzuflößen? Durch ihr Auftreten verstand sie es, den ihr ungünstig gesonnenen ungarischen Reichstag einzuschüchtern; sie hielt den Magnaten eine lateinische Ansprache und brachte selbst ihre Feinde dazu, auf ihre Schwerter zu schwören, für sie in den Tod zu gehen.

Das ist gleichsam ein Vorzeichen der Wunderdinge, die der Wetteifer unter den Frauen in einer Gesellschaftsordnung zeitigen würde, die den weiblichen Fähigkeiten freie Entfaltung gewährt.
Und ihr, Vertreter des Geschlechts der Unterdrücker, würdet ihr die Frauen nicht in den Fehlern übertreffen, die man ihnen vorwirft, wenn eine knechtische Erziehung euch wie sie dazu herangebildet hätte, euch für Automaten zu halten, dazu geschaffen, den Vorurteilen zu gehorchen und vor einem Herrn und Meister zu kriechen, den euch der Zufall beschert? Hat man nicht gesehen, wie euer Anspruch auf Überlegenheit durch Katharina zuschanden wurde, die das männliche Geschlecht mit Füßen trat? Indem sie die Einrichtung adliger Favoriten schuf, hat sie den Mann in den Schmutz gezogen und bewiesen, dass er sich in voller Freiheit noch tiefer erniedrigen kann als die Frau, deren Erniedrigung erzwungen und somit entschuldbar ist.

Wenn ich die heutige Erziehung und den knechtischen Geist anklage, mit dem sie die Frauen erfüllt, so tue ich dies im Vergleich mit anderen Gesellschaften, in denen es unnötig sein wird, ihren Charakter durch Vorurteile zu entstellen. Ich führe ihnen die bedeutende Rolle vor Augen, die sie werden spielen können, wenn sie dem Beispiel derjenigen folgen, die den Einfluss der Erziehung überwunden und dem Unterdrückungssystem widerstanden haben, welches das eheliche Band erfordert. Indem ich auf jene Frauen hinweise, die einen freien Flug gewagt haben, von den Mannweibern wie Maria Theresia bis zu deren sanfteren Schattierungen wie einer Ninon oder der Sévigné, kann ich mit Recht behaupten, dass die Frau im Zustand der Freiheit den Mann in allen geistigen und körperlichen Funktionen überflügeln wird, die nicht allein von physischer Kraft abhängen.

Für die Befreiung der Frau

Die Zivilisierten beurteilen die Frauen nach ihrer heutigen Lebensart, nach der Verstellung, zu der unsere Gesellschaft sie zwingt, da sie ihnen jede Freiheit verweigert. Sie glauben, dieses Doppelspiel sei eine natürliche und unwandelbare Eigenschaft des weiblichen Geschlechts. Beobachtet man aber den großen Unterschied zwischen den Damen unserer Hauptstädte und den Odalisken eines Harems, die sich für Automaten zum Zeitvertreib der Männer halten, dann lässt sich ermessen, um wie viel größer der Unterschied zwischen unseren Damen und denen einer gesitteten Nation wäre, in der das weibliche Geschlecht zu voller Freiheit erzogen würde! Und welchen Charakter würde die Freiheit bei diesen Frauen hervorbringen? Derlei Fragen aufzuwerfen, hüten sich die Philosophen. Von einem Geist der Unterdrückung, einer geheimen Abneigung gegen das weibliche Geschlecht durchdrungen, versuchen sie, die Frauen durch abgeschmackte Schmeicheleien über ihr Sklavendasein hinwegzutäuschen, und ersticken sogar jeden Gedanken daran, wie sich die Frauen in einer Gesellschaftsordnung entwickeln würden, die ihre Ketten erleichterte.

In Europa hat man das weibliche Geschlecht so sehr erniedrigt, dass es gar nicht mehr auf den Gedanken kommt, zu fordern, was ihm zusteht.

Hätte das Gesetz den Frauen die freie Ausübung der Liebe gewährt, dann wäre jene Verlogenheit in den Liebesbeziehungen, über die wir so ungerecht spotten, geringer geworden, und man hätte ohne jeden Nachteil die uneingeschränkte Scheidung einführen können.

Die Unterjochung der Frau gereicht den Männern keineswegs zum Vorteil. Wie betrogen ist doch der Mann, der sich verpflichtet hat, ein Joch zu tragen, das ihm Entsetzen einflößt, und wie ist der Mann durch die Widrigkeiten dieser Bindung dafür gestraft, dass er die Frau zur Sklavin gemacht hat!

Allgemein lässt sich die These aufstellen: Der soziale Fortschritt vollzieht sich entsprechend den Fortschritten in der Befreiung der Frau, und der Verfall der Gesellschaftsordnung vollzieht sich entsprechend der Abnahme der Freiheit der Frau. Die Erweiterung der Vorrechte der Frau ist das allgemeine Prinzip allen sozialen Fortschritts.

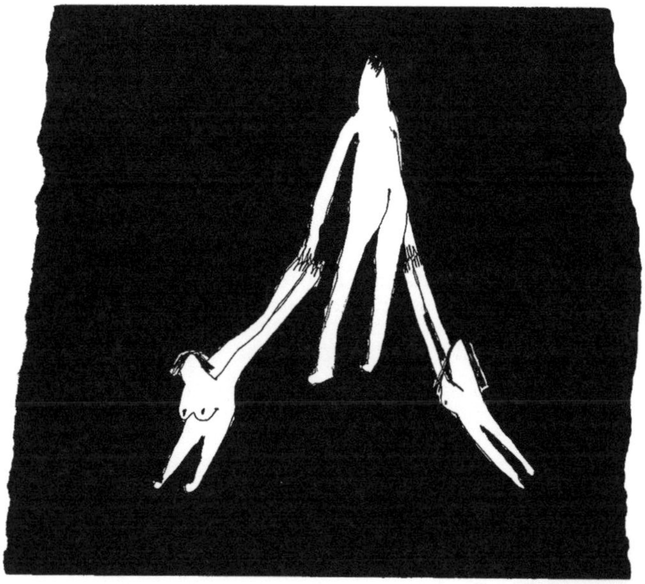

Über die Ehe

Gegen die Familie

Fahren wir mit den Nachteilen des isolierten Haushalts und der lebenslangen Ehe fort. Diese Ordnung hat die Eigenschaft, uns in jeder Hinsicht von den wahren Freuden fernzuhalten, wie: Freiheit in der Liebe, gute Küche, Unbekümmertheit und andere Genüsse, nach denen es die Zivilisierten nicht einmal in Gedanken gelüstet, weil unsere Philosophen sie daran gewöhnt haben, den Wunsch nach den wahren Gütern als Laster anzusehen.

Wenn das häusliche Leben auch vor einigen Nachteilen der Ehelosigkeit schützt, so gewährt es doch niemals irgendein positives Glück, selbst dann nicht, wenn zwischen den Ehegatten völliges Einvernehmen herrscht; denn wenn ihre Charaktere einander glücklich ergänzen, so würde sie nichts daran hindern, auch in einer Ordnung zusammenzuleben, in der die Liebe frei und die häusliche Gemeinschaft anders organisiert ist.

Das männliche Geschlecht, wiewohl das stärkere, hat die Gesetze nicht zu seinem Vorteil gemacht, als es die isolierten Haushalte und deren Folgeerscheinung, die lebenslange Ehe, einführte. Konnte es etwas Besseres erfinden als den isolierten Haushalt und die unauflösliche Ehe, um die Liebesbeziehungen und die Sinnenlust mit Langeweile, Käuflichkeit und Falschheit zu vergiften?

Alle aber, ob reich oder arm, sind ihrer selbst und ihrer eintönigen Lebensweise so überdrüssig, dass sie sich mit großem Aufwand in Vergnügungen stürzen, die der Haushaltswirtschaft entgegengesetzt sind. Wenn sie reich sind, halten sie offene Tafel; können sie nicht allein die Kosten der

Zerstreuungen tragen, die sie brauchen, so geben sie sich gegenseitig Festessen.
Doch selbst diese Mahlzeiten, so schal sie durch die unpassende Vermischung der Gäste und Altersgruppen und die beschwerlichen Vorbereitungen auch sind, selbst diese kümmerliche Erholung ist nur dem Reichen möglich. Welches Los aber trifft die zahlreichen Ehemänner, die aus Mangel an Geld dessen beraubt sind, was man Vergnügungen nennt, und sich auf jenen häuslichen Krieg beschränken müssen, den das Sprichwort so treffend mit den Worten kennzeichnet: Wenn kein Futter in der Krippe ist, schlagen sich die Esel. Ja, wie viele Haushalte leben, trotz ihres Wohlstands, in jener Zwietracht, die bei der großen, durch Armut verbitterten Menge die Regel ist!

Allen Moralsystemen zum Trotz gibt es in unseren Haushaltungen kein Glück; allenthalben mehren sich die Stimmen gegen die Widrigkeiten, die mit dieser Lebensform verbunden sind, und gerade die Männer beklagen sich darüber; sie, die das Gesetz doch gemacht haben und zu ihrem Vorteil hätten machen können! Was würden erst die Frauen sagen, wenn sie das Recht hätten, sich zu beklagen! Und was soll man von einer Einrichtung halten, die das starke Geschlecht, das sie geschaffen hat, erdrückt und für das schwache Geschlecht noch erdrückender ist, das sich nicht einmal beklagen darf?
Man rühmt uns die scheinbare Eintracht jener Ehen, in denen ein junges Opfer mit heroischer Ergebenheit die Verfolgungen eines Eifersüchtigen erträgt, der sich von der Welt zurückgezogen hat. Ja, ist das nicht ein ärgerer Kriegszustand als der in gewissen deutschen Dörfern, wo der Ehemann neben den Herd einen Stock stellt, »Hausfriede« genannt, der in letzter Instanz jeden Ehestreit beendet? Auch wenn die Unterdrückung in den feineren Kreisen weniger

augenfällig ist, so ist sie doch nicht weniger wirklich. Ach, warum erheben sich nicht beide Geschlechter gegen eine häusliche Ordnung, die sie so vielen Widrigkeiten aussetzt? Warum kommt man angesichts dieses häuslichen Kriegs in allen Klassen nicht zu der Erkenntnis, dass der Ehestand nicht die Bestimmung des Menschen ist? Und statt nach Linderungsmitteln gegen diese innere Uneinigkeit der Gatten zu suchen, müsste man ein Mittel finden, sich von diesem Leben im Haushalt zu befreien, das alle Keime der Zwietracht und des Überdrusses enthält und fortentwickelt, ohne irgendein Gutes hervorzubringen, das man im Zustand voller Freiheit nicht ebenfalls finden könnte.

Die Ehe isoliert

Die Verheirateten sind von größtem Misstrauen gegen ihresgleichen geplagt. Nichts ist schwieriger, als zwei Ehepaare in einem Haushalt zu vereinen. Die Unverträglichkeit greift von den Herren auf die Diener über, und in allen Haushalten lehnt man es entschieden ab, ein Ehepaar in Dienst zu nehmen, weil man weiß, dass der eheliche Geist zwischen den Gatten ein Bündnis stiftet, das sich gegen ihre gesamte Umwelt richtet und alle edlen Leidenschaften und freiheitlichen Ideen erstickt. So kommt es, dass die Klasse der Verheirateten stets am arglistigsten ist und dem Leiden der Allgemeinheit oder Einzelner am gleichgültigsten gegenübersteht. Ihre antisoziale Gesinnung ist so bekannt, dass man einem Mann großes Lob zu spenden glaubt, wenn man sagt: Die Ehe hat ihn nicht verändert, er hat den liebenswerten Charakter eines Junggesellen bewahrt.

Die Eintönigkeit der Zivilisation lässt in der Liebe nur die stille Zweisamkeit, die zärtliche Ehe eines keuschen Gatten und einer keuschen Gattin gelten. Hätte Gott wohl eine solche Vielfalt an Leidenschaften geschaffen, wenn es ihm nur

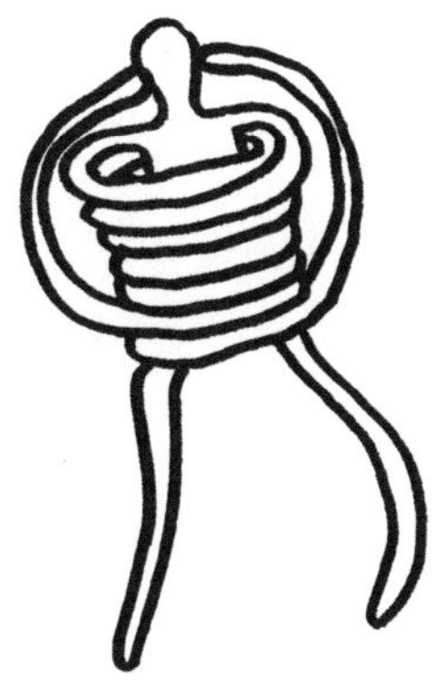

um jenes monotone Beisammensein der Gatten gegangen wäre, deren Charaktere in der Regel nicht zueinander passen und die nur danach trachten, einander zu betrügen, sobald das erste Jahr verstrichen ist und beide noch jung sind?

Das heutige System, das den Zusammenschluss der Menschen infolge der Isolierung der Haushalte auf ein Minimum beschränkt, hat die Menschheit auf den Gipfel der Verderbtheit geführt.

Die Verbindung, die wir holde Zweisamkeit oder zärtliche Familie nennen, setzt sich aus einem Ehepaar zusammen, das nur darauf sinnt, seine Mitmenschen zu hintergehen, aus Kindern, die nur danach trachten, sich gegenseitig zu berauben. Jeder Bauer versucht, seinem Nachbarn eine Furche seines Ackers abspenstig zu machen; jeder Bruder versucht, sich zum Nachteil der anderen Brüder als Alleinerben einsetzen zu lassen. Sind dies wirklich die Keime eines universellen Bandes? Sind es nicht vielmehr die Keime eines dämonischen Geistes, gesät, um Zwietracht in die Familien zu tragen, sie von Nachbarn zu Nachbarn zu verbreiten und somit zu verallgemeinern?

Die Zivilisation bewirkt, dass der Mensch in ewigem Kriegszustand mit seinesgleichen lebt und jede Familie der geheime Feind aller anderen Familien ist.

Die Familiengesellschaft hat die Eigenart, ihre Nachbarn zu hassen. Sobald die Familien einige Freiheit genießen, liegen sie in innerem wie in äußerem Krieg, wie in Korsika und anderen patriarchalischen Ländern, in denen die Familien ihre eigenen Kriege und ihre eigenen Verträge haben, ganz wie die zivilisierten Herrscher. Dies ist ein herrliches Beispiel für das von unseren Philosophen so hochgepriesene patriarchalische System. Zudem sind die Hassgefühle dieser Familien noch weit verbissener als die der Herrscher; sie pflanzen sich immer weiter fort, greifen auf drei, ja vier Generationen über, in denen man sich gegenseitig erschießt, zur Ehre der modernen Philosophie, die uns zum patriarchalischen System zurückführen will.

Ich habe viele Familien aus nächster Nähe gesehen. Ich habe keine einzige gefunden, die innerlich fröhlich war. Der Vater geht der Hausfrau aus dem Weg, die ihn schilt; er rennt in Schenken, *Cercles* und *Casinos* für Männer, manchmal auch für Frauen. Die Mutter geht ihrem Gatten aus dem Weg, der sie mit Argusaugen bewacht; sie verschafft ihm Zerstreuungen, die ihn vom Hause fernhalten, während sie seinen Vertreter empfängt. Die Kinder im Alter der Pubertät haben nur einen Gedanken, nämlich der Langeweile des Haushalts zu entrinnen: Das junge Mädchen verzehrt sich in Erwartung eines Balls; der Jüngling, von galanten Festen in Anspruch genommen, kehrt ins väterliche Heim wie ins Exil zurück. Und die jüngeren Kinder werden erst munter, wenn sie sich den Blicken des Vaters und Schulmeisters entziehen und sich mit dem vergnügen können, was ihnen verboten ist.

So haben die Individuen als Einzelne nur den Gedanken, dem behaglichen Haushalt zu entfliehen oder seine Moralgesetze zu übertreten. Und die Familie als Ganzes kennt vergnügte und glückliche Augenblicke nur dann, wenn sie mit Hilfe ihres Vermögens sich selbst entrinnen kann, indem sie Freunde einlädt und, sei es bei Tisch, sei es in geselliger Runde, sei es auf dem Lande, die Familiengruppe in eine Freundesgruppe, häufig in eine Liebesgruppe umwandelt, welche die Moral nicht gestattet. Aber nichts ist trostloser, trübseliger als eine Familie, die nicht die Mittel hat, Empfänge zu geben und in der großen Welt zu verkehren, die sich deshalb mit dem eintönigen Vergnügen des Familienlebens begnügen muss, in dem die Moralisten das Glück sehen.

Diese Moralhelden, diese häuslichen Turteltauben schwärmen nur für eine einzige Farbe, den Familiensinn, und meinen, der ganze Kanton müsse trunken sein über ihr Glück. Sie rühmen die *Perfektibilität*, weil ihre Kinder im Überfluss leben, während es denen der Nachbarn am Nötigsten fehlt. Diese Charaktere, Leute, die sich ausschließlich ihren Familiengefühlen widmen, sind außer sich vor Zärtlichkeit in ihrem reichen Haushalt und meinen, das ganze Volk müsse glücklich sein, wenn sie selbst gut gegessen haben.

Wenn die Familie abgeschafft ist

Man wird erleben, dass die Zivilisierten die Gewohnheiten, die ihnen heute lieb sind, nicht mehr werden ausstehen können, wie zum Beispiel das häusliche Leben. Wenn sie erkennen, dass die Kinder im Haushalt nur schreien, zerstören, zanken und jede Arbeit verweigern, und dass die nämlichen Kinder, wenn sie in leidenschaftlichen Serien leben, unermüdlich tätig sind, studieren und miteinander wetteifern, ohne dass man sie dazu anhält, sich aus freien Stücken Kenntnisse in der Landwirtschaft, im Handwerk, in Kunst und Wissenschaft erwerben, Güter produzieren und Gewinne machen, und all dies als Spiel ansehen – sobald die Väter diese neue Ordnung erblicken, werden sie ihre Kinder in den leidenschaftlichen Serien reizend und in den zerstückelten Haushalten abscheulich finden.

In diesem Kapitel bemühe ich mich, die Vorurteile der Väter zu zerstreuen, denen die Moral einredet, sie müssten die natürlichen Lehrer des Kindes sein. Diesen falschen Grundsatz widerlegt die Natur auf vielerlei Weise:

1. Der Vater kann sterben: Diese Gefahr besteht in der harmonischen Erziehung nicht, denn sie wird dem Kind durch Hunderte von Korporationen zuteil, an deren Beistand es ihm niemals fehlen kann. Die Korporationen sterben nicht, sie erneuern sich durch Noviziat.
2. Der Vater ist fast immer unfähig, entweder weil er in der Kunst der Erziehung unerfahren oder weil er außerstande ist, die natürlichen Anlagen des Kindes zu fördern und zu befriedigen.
3. Der zivilisierte Vater ist häufig so schlecht erzogen, dass er dem Kind nur lasterhafte Neigungen einbläst. Es wäre mir ein Leichtes, die ganze Litanei all der lächerlichen Einzelheiten herzubeten, die beweisen, dass das Kind häufiger verdorben denn ausgebildet wird, wenn man seine Erziehung den Vätern anvertraut, die meist in keiner Weise dazu taugen.

Wenn die Familie abgeschafft sein wird, wenn die Kinder bei freier Unterkunft und unentgeltlicher Erziehung mit fünf und noch besser mit sieben Jahren ihren Unterhalt verdienen und den Eltern keine Last mehr sind; wenn die Scheidung für die Kinder eine Wohltat ist; wenn die Sprösslinge aus verschiedenen Ehen, statt wie in Jakobs Familie eine Quelle beleidigender Bevorzugung und unseliger Hassgefühle zu sein, im Gegenteil ein Antrieb für den Wetteifer unter den verschiedenen Kindern sind – dann gibt es keinen Grund mehr, die erzwungenen, lebenslangen Bande der Ehe aufrechtzuerhalten.

Kollektive Verderbtheit

Die Untreue ist nur einfache oder persönliche Verderbtheit; das nämliche Laster ist jedoch zusammengesetzt, wenn es bei beiden Ehegatten herrscht, und kollektiv, wenn beide Geschlechter es einhellig verteidigen, ob nun öffentlich oder im Geheimen.

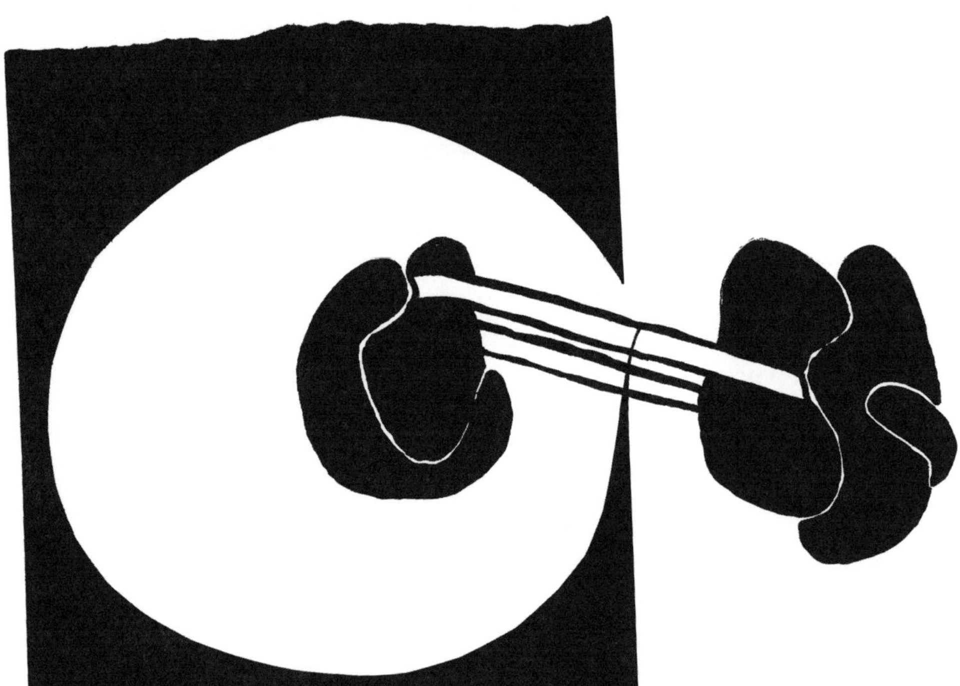

Die Verletzung der ehelichen Gesetze findet in verschiedenen Ländern, wie Italien, öffentliche und einhellige Billigung. Der Ehebruch erfreut sich hier des gesetzlichen Schutzes: er wird im Ehevertrag ausbedungen; in der Urkunde heißt es, dass ein bestimmtes Individuum als Hausfreund der gnädigen Frau zuzulassen sei, der ungeachtet der Ehe ein Recht auf Vertraulichkeiten mit ihr bewahrt. Das ist vertraglich geregelte Bigamie.

Die Bräuche anderer Länder haben den mystischen Ehebruch gestattet: Im Spanien des 10. Jahrhunderts hatte jeder Priester, jeder Mönch das Recht, bei einer Frau einzutreten; indem er seine Schuhe vor die Tür stellte, verbot er damit selbst dem Ehemann den Zutritt zu den Gemächern, denn diese Schranke durfte er nicht überschreiten. Diese Sitte hatte fast Gesetzeskraft; zwar wehrten sich einige dagegen, aber viele unterwarfen sich. Dieses Unwesen artete in kollektive Verderbtheit aus, denn es wurde von der Mehrheit unterstützt.

Zu dieser Gesinnung gehört auch die gemeinsame Untreue, ein Brauch gewisser Haushalte, deren Eintracht nur dadurch zustande kommt, dass man sich gegenseitig die Hände wäscht. Eine solche Eintracht ist positiv, wenn die Gatten übereinstimmend ihre Berechnungen auf den Ehebruch gründen; sie ist negativ, wenn die Gatten ohne vorherige Vereinbarung die Augen vor ihrer jeweiligen Untreue verschließen. Dieses in den Haushalten sehr häufige Laster muss den Beifall unserer Ökonomen finden, denn es ist die beste Gewähr für Gleichgewicht, Gegengewicht, Sicherheit. Es herrscht Friede in der Ehe, wenn die gnädige Frau ihren Liebhaber und der gnädige Herr seine Geliebte hat.

Abgekartete Verderbtheit

Eine Merkwürdigkeit der Ehe ist, dass die verschiedenen Gesellschaftsklassen, wiewohl hinlänglich über die Falle

der Ehe aufgeklärt, einander um die Wette hineinstoßen. Vorher verschwört sich alle Welt, den Klugen wie den Dummen hineinzulocken. Die Moral tut den ersten Schritt, indem sie die unaussprechlichen Wonnen der holden Zweisamkeit preist; und hält man ihr die Verdrießlichkeiten des unbegüterten Haushalts entgegen, erwidert sie fatalistisch, dass wir in diesem Leben zur Drangsal bestimmt seien und uns darein schicken müssen.
Die Politik ermuntert dazu, weil sie weiß, dass der Junggeselle zur Sorglosigkeit neigt und erst nachdenklich wird beim Anblick von Kindern, die der Hunger plagt.
Der Ökonomismus beweist, dass ein wimmelnder Volkshaufe ein Zeichen administrativer Weisheit ist. Die Regierung pflichtet diesen falschen Doktrinen bei, denn sie legitimieren die ehrgeizigen Hoffnungen eines Eroberers auf breiten Zustrom an Soldaten.
Mithin trägt alle Welt dazu bei, die Fallgrube mit Blumen zuzudecken. Sogar diejenigen, die schon hineingestolpert sind und sich insgeheim darüber grämen, locken den Junggesellen hinein, entweder weil sie eine ihrer Töchter an den Mann bringen wollen oder weil sie voller Eifersucht sehen, dass er vor den Misslichkeiten der Ehe geschützt ist.
Nachher verschwört sich alle Welt, den Vater in eine weitere Falle zu stoßen, den Kinderreichtum. Zunächst treibt ihn Armut und Verzweiflung. Das Volk bringt Kinder im Dutzend zur Welt, denn es sagt sich: Sie werden nicht unglücklicher sein als wir.
In der begüterten Klasse wird ein Ehemann von tückischen Nachbarn aufgestachelt; sie sind am Wachstum seiner Familie mitschuldig. Sie halten ihm vor, dass Gott die Kinder schicke und dass es niemals genug ehrbare Menschen auf der Welt gebe. Gott würde gewiss weniger schicken, wenn Nachbarn und Freunde sich nicht dreinmischten.
Andererseits verbieten die religiösen Dogmen, die heute

weitaus strenger sind als im Altertum, dem Ehemann gewisse Vorsichtsmaßnahmen, welche die Klugheit gebietet: *Interdictio semen effundendi extra vas debitum*[14]. Die Frau unterstützt dieses Verbot unter dem Deckmantel der Frömmigkeit; in Wahrheit will sie die Werke eines Liebhabers für rechtmäßig erklären.

14 Verbot, den Samen außerhalb der Vagina zu vergießen.

So sind sich alle darin einig, ein Familienhaupt in den Abgrund zu stoßen, seinen kärglichen Haushalt mit Kindern zu überschwemmen und ihn dadurch in Armut zu stürzen, die Quelle aller Laster.

Zunehmende Verschlimmerung des Konflikts

Untersuchen wir den Schutz, den die öffentliche Meinung und die Gesetze den frechsten Gesetzesbrechern gewähren, von der männlichen und der weiblichen Seite.

Männliche Seite. Der Ehebruch gilt als Verbrechen, und dennoch genießt ein Mann in der feinen Gesellschaft Ansehen im Verhältnis zur Zahl seiner bekannt gewordenen, ausposaunten und vom Gesetz geschützten Ehebrüche; denn das Gesetz duldet sie nach dem Motto: Das ist nicht erwiesen. Man bewundert einen Alkibiades[15], einen Richelieu, die unzählige verheiratete Frauen verführt haben, und spottet über denjenigen, der, den Gesetzen und der Religion gehorchend, vor der Ehe keine Unzucht treibt und seine Jungfräulichkeit für eine künftige Gattin aufspart.

15 Alkibiades, um 450-404 v.Chr., schöner und intelligenter Athener, Lieblingsschüler von Sokrates, großer Verführer, später Oberfeldherr.

Beim Ehebruch wie beim Duell kann man sehen, wie das Gesetz von der öffentlichen Meinung aufgehoben wird, die in der Liebe nur dem Schwindel, ja der Ausschweifung zuneigt. Ein armes Mädchen, das sich ohne Genehmigung der Stadtverwaltung ein Kind machen lässt, wird der Ehrlosigkeit bezichtigt; man erklärt sie für schuldig, selbst wenn sie ihrem Liebhaber treu geblieben ist. Man vergleiche das Betragen dieses jungen Mädchens mit dem der angeblich so ehrbaren Frauen, die ihrem Gatten alle möglichen

Stellvertreter unterschieben. Dieser Lebenswandel bringt ihnen völlig rechtmäßig den Titel ehrbarer Frauen ein. (Das sage ich, ohne die Damen, die sich verlustieren, tadeln zu wollen: Vielleicht werden sie nie auf so viele Liebhaber kommen, wie ihre Ehemänner vor und selbst nach der Ehe Maitressen gehabt haben.)

Das Gesetz, ob seiner Ungerechtigkeiten schon lächerlich genug, wird durch seine Widersprüche noch weit lächerlicher; als Zeugen dafür nenne ich die schwangeren Mädchen: Man rechnet ihnen die Schwangerschaft als Verbrechen an, ebenso die Abtreibung. Aber wenn ihnen an ihrer Ehre gelegen ist, müssen sie auf Mittel sinnen, sie zu retten, indem sie die Spuren ihrer Schwäche tilgen, zu Beginn der Schwangerschaft den Fötus abtreiben lassen, in dem noch kein Leben ist. Ich vertrete die Ansicht, dass ein Mädchen, das so handelt, weniger schuldig ist als die Eltern, die mit stillschweigender Billigung der Gesetze und der Kirche ein Kind verstümmeln, auf dass es im Domchor mitsingen kann, wie in der Hauptstadt der Christenheit zu beobachten.

Weibliche Seite. Es ist anzumerken, dass die Frauen, trotz aller Unterdrückung, die auf ihnen lastet, ein Vorrecht genießen, das ihnen verweigert werden sollte, nämlich den Ehemann zu nötigen, ein Kind als das seine anzunehmen, das nicht das seine ist und auf dessen Stirn die Natur den Namen des wahren Vaters geschrieben hat.

In dem einzigen Fall also, wo sich die Frau mit schwerer Schuld beladen hat, genießt sie den höchsten Schutz der Gesetze; und in dem einzigen Fall, wo der Mann zutiefst beleidigt wurde, schließen sich öffentliche Meinung und Gesetz zusammen, um seine Schmach zu verschlimmern.

Ach, warum beugen sich die Zivilisierten, die doch so unerbittlich auf den Keuschheitspflichten beharren, die Frauen und Mädchen auferlegt sind, so einstimmig unter das Joch, warum beherbergen sie die Frucht eines offenkundigen

Ehebruchs und gewähren derselben ihren Namen und ihr Vermögen? So gehen also die Wünsche der Philosophie in Erfüllung: In der Ehe werden Männer wahrhaft eine Familie von Brüdern, deren Güter dem Kind des Nachbarn ebenso gehören wie den ihren. Über den Edelmut dieser braven zivilisierten Ehemänner wird sich die Nachwelt noch weidlich lustig machen.

Nachwirkung der Verderbtheit

Folge von Repressalien und Rückwirkung des Lasters. Unterteilen wir sie in Familien- und Liebesrepressalien.

Familienrepressalien. In Kenntnis der Falle, in die man gestürzt ist. Vom dritten Jahr der Ehe an beginnt sich die holde Zweisamkeit mit kleinen Bälgern zu füllen, deren Geplärr und aufwendige Pflege einem bedrückten Vater vor Augen führen, in welche Galeere er geraten ist. Das gibt Anlass zu mancherlei Wehklagen unter den Gatten: Hieraus entsteht jener eheliche Molinismus[16], jene versöhnlerische Gesinnung oder Gelegenheitsmoral, die allein auf der Notwendigkeit gründet, für die Kosten des Haushalts und der Kinder aufzukommen.

16 Sogenannte »laxistische« Lehre des spanischen Jesuiten Louis Molina, 1535-1600.

Liebesrepressalien. Es ist erstaunlich, dass die zivilisierten Männer, die sich doch rühmen, die Frauen an Verstand zu übertreffen, eben diesen Verstand von ihnen bereits mit sechzehn Jahren verlangen, der ihnen selbst erst mit dreißig oder vierzig Jahren gekommen ist, nachdem sie sich in der Blüte ihrer Jugend in Ausschweifungen ergangen haben. Wenn sie selbst auf dem Weg des Genusses zu Verstand gekommen sind, dürfen sie sich dann wundern, wenn eine Frau dieselbe Bahn einschlägt? Warum nehmen die Männer, wenn sie sich aus der Welt zurückziehen, nicht Frauen, die gleich ihnen durch Erfahrung gereift sind? Warum suchen sie unbedingt bei einer Jungfer frühreife Tugenden, die sie selbst so spät erworben haben?

Über die Greise

Die Zivilisierten, die ohnehin das reine Gefühl geringschätzen, verachten und verhöhnen erst recht einen alternden Mann, der sich der sentimentalen Liebe verschreibt; sie schimpfen ihn einen alten Bock und bezichtigen ihn der materiellen Liebe, noch ehe er daran denkt. So kommt es, dass diejenigen, die in jedem Alter das Bedürfnis nach sentimentalen Illusionen bewahren, darob sehr schlecht behandelt werden, wenn sie ihre Jugend hinter sich haben.

Da die Jugend selbstlose Interessen, wie den Celadonismus, nicht schätzen lernt, macht sie alles lächerlich, was nicht ihren Sinnen schmeichelt, und so kommt es, dass die zivilisierten Greise von der Jugend so barsch abgewiesen werden, denn sie sieht an ihnen nichts, woran die Sinne sich weiden könnten.

Sind die Vergnügungen selten, so schlägt die Anziehung, die allzu lange entbehrt wurde, in unsinnige Leidenschaft um. Darum herrscht bei uns der Exzess, nicht nur bei den Lustpartien, sondern auch bei ungeplanten Gelegenheiten, die sich auch noch im fortgeschrittenen Alter ergeben können. Es gibt viele Leute, die noch mit sechzig Jahren einen Lebenswandel führen wollen, der einem Dreißigjährigen ansteht: ein Exzess, den die Seltenheit der Vergnügungen in der Zivilisation hervorbringt.

Den Männern gelingt es zwar, die Liebe zu vergessen, aber sie können sie nicht ersetzen. Die Luftblasen des Ehrgeizes, die Wonnen der Vaterschaft sind kein Ersatz für die wahrhaft göttlichen Illusionen, welche die Liebe dem Alter verspricht. Jeder Sechzigjährige weint den Freuden nach, die er in seiner Jugend genossen hat, und kein Jüngling würde seine Liebeserlebnisse gegen die Zerstreuungen des Greisenalters eintauschen.

Unsere Gelehrten geben sich die größte Mühe, uns beizubringen, den Zauber der Liebe zu ersetzen, auf die man im Herbst des Lebens verzichten muss. Als Entschädigung bieten sie uns sentimentales Flickwerk, schrullige Zärtlichkeit für die Familie, das Vaterland und die Moral usw., die nicht auf Gegenseitigkeit beruht und darum nur halbe Lust ist. Einhellig gestehen die Greise, dass nach der Zeit der Liebe nur noch eine Quelle dauerhaften Glücks bleibt, der Reichtum. Und so verwenden sie ihn darauf, sich einige Erinnerungen an jene für sie vergangene Liebe zu verschaffen oder einen Ausgleich im Ehrgeiz zu suchen, politischen Einfluss zu nehmen, der mit der inneren Entfaltung, dem inneren Luxus einhergeht. Alle begüterten Greise gestehen, dass die Freuden, durch die sie die Liebe ersetzen, nicht annähernd dieselbe Begeisterung wecken; während die mittellosen Greise, welche die große Mehrheit bilden, versichern, dass das Leben für den, der kein Vermögen besitzt, nur noch ein dornenvoller Pfad ist, sobald es mit der Liebe ein Ende hat. Ihre einzige Zuflucht, die häuslichen Freuden im Schoß der Familie, ist von tausend Widrigkeiten überschattet.

Alle sind der Überzeugung, dass die Liebe ihrem Alter nicht mehr ansteht, und dennoch ist sie das Gut, dessen Verlust sie am meisten beklagen. Um sich dessen zu vergewissern, braucht man einem Graubart, der die Liebe vergessen und sich ins Unabänderliche gefügt hat, nur einen Schimmer von ihr vorzugaukeln; man braucht nur eine gewandte Intrigantin auf ihn loszulassen, die seiner schwachen Seite schmeichelt und ihm versichert, dass sie ihn anbetet – und schon

wird der Greis glauben, zu einem neuen Leben zurückzukehren. Er wird die Dialektik der Weisheit fahren lassen, auf die er sich stützte, um die Liebe herauszufordern; er wird finden, dass sie dem wahren Glück fernsteht und allenfalls dazu taugt, ihn über seine Entbehrungen hinwegzutäuschen, nicht aber, ihm zu Genüssen zu verhelfen. Damit ist erwiesen, dass das Leben, wenn die Liebe ein Ende hat, nichts weiter ist als ein Gefängnis, an das man sich, je nach seinem Vermögen, mehr oder weniger gut gewöhnt. Darum können die Männer, die mehr Zerstreuungen haben als die Frauen, im vorgerückten Alter die Entbehrung der Liebe besser ertragen, während die Frauen sie schon lange im Voraus fürchten; allein der Gedanke daran erschreckt sie so sehr, dass sie drohen, sich umzubringen, wenn sie alt und reizlos geworden sind.
Beherzigen wir diese Wahrheit, die keine Weisheit unserer Wissenschaften zu ersticken vermag, dass nämlich die Liebe ein Bedürfnis jeder Altersstufe ist und dass die Zerstreuungen, die man sich zu verschaffen weiß, dieses Bedürfnis nicht aus dem Weg räumen können. In unseren unseligen, bedrückenden Gesellschaften hat ein Greis, den Armut, Hohn und Widrigkeiten aller Art bedrängen, gewiss anderes im Sinn, als sich mit der Liebe zu befassen, da er sich mit so vielen gesellschaftlichen Beschwernissen herumschlagen muss. Folgt daraus, dass er aus freien Stücken auf die Liebe verzichtet hat? Etwa so, wie die Philosophen auf Reichtümer verzichten, die sie nicht erwerben können.

Alle begüterten Greise versichern sich insgeheim der Gunst einiger Backfische, wiewohl sie vorgeben, der Liebe zu entsagen. Diese Ziereren der zivilisierten Greise, die behaupten, die Liebe vergessen zu haben, entbehren jeder Wirklichkeit und Natürlichkeit. Die anderen vergessen sie aus Notwendigkeit, weil sie sich aus Mangel an Geld kein junges

Blut mehr leisten können. Und gesetzt, sie würden aufrichtig auf die Liebe verzichten, dann müssten sie sich zumindest die Wertschätzung der Jugend bewahren. Aber auch diese können sie nur mit Geld erwerben, das heißt überhaupt nicht.

Die Jugend verspottet sogar den Lehrer, der sie unterrichtet. Die Zuneigung junger Menschen zu den Greisen kann in der heutigen Gesellschaftsordnung gar nicht aufkommen, wo man nur aus Not und aus Zwang arbeitet. Der junge Arbeiter, der einen bescheidenen Lohn verdient, kümmert sich herzlich wenig um die Schicksalsschläge seines Lehrherrn; er freut sich darüber, aus Rache, dass ihm eine Lohnerhöhung oder eine Beförderung verweigert wurde. Ein Kind, das auf Geheiß seiner Eltern zur Schule geht, liebt seinen Schulmeister nicht, es möchte vielmehr seinen Unterricht schwänzen. So wird der Jugend heutzutage das Alter verleidet.

Wenn sie das Alter der Liebe hinter sich haben, fassen die Greise den drolligen Plan, sich auf die Familie im Schoße zärtlicher, fromm erzogener Enkel und Neffen zu konzentrieren; doch deren Gefühle sind eitel Täuschung und Heuchelei. Man schätzt die Alten nur um ihres Geldes, nicht um ihrer selbst willen.

Die Greise, von denen man nichts anderes als ihre Erbschaft erwartet, sind missachtet, lästig, insgeheim verspottet und werden ins Grab gedrängt. In den reichen Familien erweist man ihnen eine gewisse Rücksicht, aber beim Volk und bei den Bauern gibt es nichts Bittereres als das Los der Greise. Sie werden erniedrigt, schonungslos zurückgestoßen; auf Schritt und Tritt wirft man ihnen ihr unnützes Dasein vor.

Die Greise werden bald erkennen, dass sie die betrogenen Opfer des Zwangssystems und der Arglist der Zivilisation sind. Und da die zivilisierten Gesetze zu allen Zeiten das Werk der Alten waren, ist es umso verwunderlicher, dass sie sie so sehr zu ihrem Nachteil geschaffen und die Beziehungen in der Liebe und in der Familie so eingerichtet haben, dass die Jugend sie hasst, verhöhnt und ins Grab drängt.

Nun sind aber die Philosophen in der Regel Greise und neun Zehntel von ihnen galant, lüstern und auf Liebesillusionen erpicht. Darf man sich dann wundern, dass diese Tölpel, die sowohl in der Liebe als auch in anderen Dingen so wenig für sich selbst getan haben, ebenso wenig für die Gesellschaft getan haben?

Schlussfolgerungen

Unsere Erneuerer haben beschlossen, die Leidenschaft zu ächten, die am geeignetsten ist, Beziehungen unter den Menschen zu knüpfen: Sie haben die Liebesbeziehungen auf ein Minimum eingeschränkt. Ihr Ehesystem lässt nur die Form der Liebe gelten, die zur Fortpflanzung der Art unerlässlich ist. Es lässt sich keine Gesellschaftsordnung vorstellen, die die Flügel der Liebe stärker beschnitte.

Daraus ergibt sich ein doppelter politischer Widersinn: Zum einen wird die Gesetzgebung durch ein System erniedrigt, gegen das sich die übergroße Mehrheit insgeheim auflehnt; zum anderen zeitigt dieses System ganz andere Ergebnisse, als man sich wünschte, denn es erzeugt Armut, Unterdrückung, Betrug und Gemetzel; Ergebnisse, die dem Willen der Natur geradewegs entgegenstehen. Die Natur hat die Liebe erfunden, um die sozialen Beziehungen unendlich zu vermehren. Diese Beziehungen aber herrschen zwischen beiden Geschlechtern wahrhaft erst dann, wenn sie auf dem Genuss oder zumindest auf der celadonischen Liebe gründen, die sich in dem zynischen und verlogenen System der zivilisierten Liebschaften nicht verwirklichen lässt. In der Zivilisation kann die Liebe also keinen freien Flug nehmen, denn sie ist in der Ehe gefangen, jener erzwungenen Verbindung, die nur die unerlässlichen Maßnahmen zur Fortpflanzung kennt.

Ganze Gegenden, von Spitzbuben heimgesucht, die sich allesamt gegen das Gesellschaftssystem auflehnen und bereit sind, es zu verraten und auszuplündern, bilden den Gegenpol der sozialen Bindungen und der wahren Tugenden.

Wir wollen nicht versäumen, an einen bereits widerlegten Einwand zu erinnern, der im Zeitalter der Revolutionen höchst trügerisch erscheint: dass nämlich das Neue zu fürchten und zu verbannen sei. Ich habe schon gesagt, dass es in der Zivilisation noch nie etwas Neues gegeben hat, dass die seit fünfundzwanzig Jahrhunderten anerkannten Theorien nichts anderes sind als aufgewärmte Kamellen, mechanistische Spielarten der Zivilisation. Ob man uns die Viper nun vom Kopf, vom Schwanz oder vom Bauch vorzeigt, immer ist es dasselbe gefährliche Tier, das uns angeblich vergiftet und das wir zu unserer eigenen Sicherheit fliehen und zertreten sollen. Diese und keine andere Antwort haben die vierzigtausend Folianten verdient, die uns, indem sie Neues versprachen, immer nur die Zivilisation von verschiedenen Seiten zeigten. Sie haben uns in doppelter Weise in die Irre geführt: Zum einen warnten sie uns vor jenem kostbaren Gut, der Neuheit, das sie uns nicht geben können; zum anderen reden sie uns ein, sie hätten es uns bereits geschenkt, während sie niemals den geringsten Gedanken daran verschwendet haben. Daran können wir ein weiteres Mal erkennen, wie verkehrt es ist, Illusionen nachzuhängen, statt konkrete Ergebnisse zu fordern. Denn um zu beurteilen, ob das Neue nützlich oder schädlich ist, muss man es zuerst vor Augen haben und die Theorie einer Ordnung kennen, die sich sowohl im Prinzip, wie in der Wirklichkeit von der Zivilisation unterscheidet. Die Regierungen haben niemals daran gedacht, den Sophisten solche Bedingungen zu stellen; sie haben sich von Theorien täuschen lassen, die zwar Neues versprachen, aber immer wieder die Zivilisation und nichts als die Zivilisation ergaben.

Die Zivilisation hat das menschliche Herz zum Sammelbecken aller Laster gemacht. Um es zu läutern, bedarf es keiner Ansammlung von Büchern und Vorschriften, sondern eines Mechanismus, der sich gegen diese Zivilisation richtet. Betrachten wir den ungeheuren Fortschritt, den die Liebe gemacht hat. Welch tiefer Abgrund trennt doch die Liebesbräuche von Marokko oder Algerien von denen eines gesitteten Hofs einer zivilisierten Hauptstadt! Und dennoch besteht nur ein winziger Unterschied zwischen Barbarei und Zivilisation. Möge man daran ermessen, wie groß der Unterschied zu Epochen sein wird, in denen Schönheit der Rassen, Ritterlichkeit und Wohlstand, Freiheit, Wahrhaftigkeit und allgemeines Wohlwollen alle Klassen dazu anspornen werden, neue Verbindungen zu ersinnen, sich gegenseitig an Raffinements zu überbieten, um in edler und aufrechter Weise die Liebe zu verschönen, die in der Zivilisation so eintönig ist.

Wir haben die höchste Stufe des Lasters erklommen. Wenn wir das Glück erreichen wollen, so wäre der sicherste Weg, methodisch im Gegensinn des heutigen Systems vorzugehen, das uns so viel Verderbtheit und Unverstand eingebracht hat.

Man würde sich um alle Früchte der vorangegangenen Kritik an den zivilisierten Liebesverhältnissen bringen, wenn man vergäße, dass in der Harmonie alle Formen der Liebe völlig frei sein werden. Ich habe ihre lächerlichen Seiten nur deshalb geschildert, um eine Vorahnung von jenen anderen Sitten zu geben, die in der Harmonie miteinander wetteifern werden, wo jede Leidenschaft die Chance hat, ihre Wahrheit und ihre Freiheit zu finden.

Die Liebe in der Harmonie

Der Schlüssel zur Harmonie: die Nutzung der Leidenschaften

Keine Unterdrückung mehr

Untersuchen wir, welche Möglichkeiten es gibt, die Leidenschaften zu entfalten, statt sie zu ersticken. Dreitausend Jahre wurden töricht damit vergeudet, unterdrückende Theorien zu entwickeln. Es ist an der Zeit, der Gesellschaftspolitik eine andere Wendung zu geben. Der menschlichen Vernunft hätte es besser angestanden, jene unbezwingbaren Kräfte, die man Leidenschaften nennt, nicht zu kritisieren, sondern deren Gesetze zu studieren.

Diejenigen, welche die Leidenschaften verlästern, die Philosophen und Priester, haben Einrichtungen ersonnen einzig zu dem Zweck, die Leidenschaften der anderen einzudämmen und die ihrigen zu befriedigen. Gott hatte anderes im Sinn. Alle seine Einrichtungen oder Bräuche, die das Gesetzbuch der Leidenschaften einführen wird, zielen darauf hin, jeder einzelnen Leidenschaft einen besonderen und allen gemeinsam einen kollektiven Aufflug zu gewährleisten. Es ist sein Wille, dass sie vereint befriedigt werden, sobald jede einzelne befriedigt ist; dass sie es unseren Sybariten gleichtun, die von den isolierten Freuden der Ehe zu den kollektiven Vergnügungen der Gesellschaft überwechseln; dass sie in ihrem Zusammenspiel die verschiedenen Möglichkeiten eines Musikkonzerts vorführen, wo das Orchester von den Soli zu den Tutti, von den Tutti wiederum zu den Soli wechselt und das Ganze mit kleineren Konzerten durchwirkt, mit Duos, Trios, Quartetten usw., deren Stimmen und Instrumente in den verschiedensten Kombinationen zu hören sind. Diesen Weg müssen die Leidenschaften in der Harmonie nehmen.

Ich werde mich eines ganz und gar unbekannten Hebels bedienen, dessen Eigenarten man nicht wird beurteilen können, bevor ich sie nicht erklärt habe. Die leidenschaftliche, durch Gegensätze bestimmte Serie arbeitet wie der Bauer, der aus einem Haufen Unrat die Keime großen Reichtums zieht; Abfall, Schlamm, Schmutz und Kehricht, die nur dazu taugen, unsere Häuser zu besudeln und zu verpesten, geraten ihm zu Quellen des Wohlstands. Ebenso verhält es sich mit dem Unrat der Leidenschaften, für den die Politik keine Verwendung hat. Dank des Hebels, den ich »durch Gegensätze bestimmte Serie« nennen möchte, werden wir alle jene Gärstoffe gesellschaftlicher Unruhen in kostbares Material verwandeln. Die Menschheit hat vierzigtausend Jahre gebraucht, bis sie den Steigbügel und den Hängeboden erfand, die jeder Einfaltspinsel hätte erfinden können, die aber in Athen und Rom noch unbekannt waren. Darf man sich dann wundern, wenn eine so gewaltige Berechnung wie die der leidenschaftlichen Serien den modernen Wissenschaften entgangen ist, die nicht einmal nach ihr gesucht, ja von ihrer Existenz nichts geahnt haben?

Die Leidenschaften, die man für Feinde der Eintracht gehalten und in Tausenden von Büchern bekämpft hat, die in Vergessenheit geraten werden, diese Leidenschaften fördern im Gegenteil die Eintracht, die gesellschaftliche Einheit, von der wir sie so weit entfernt wähnten. Sie werden aber nur dann miteinander harmonieren können, wenn sie sich in progressiven, aus Gruppen bestehenden Serien regelmäßig »entwickeln«. Außerhalb dieses Mechanismus sind die Leidenschaften wie losgelassene Tiger, unfassbare Rätsel. Darum sagen die Philosophen, man müsse sie bändigen: eine doppelt unsinnige Anschauung, denn erstens kann man die Leidenschaften nicht bändigen, und zweitens würde die Zivilisation, wenn jeder seine Leidenschaften bändigte, rasch zurückfallen. Die genossenschaftliche Ordnung, die auf die zivilisierte Zusammenhanglosigkeit folgen wird, lässt weder Mäßigung, noch Gleichheit, noch irgendeine der philosophischen Meinungen zu; sie verlangt nach glühenden und verfeinerten Leidenschaften. Ist die Vereinigung einmal gebildet, stimmen die Leidenschaften umso leichter zusammen, je lebhafter und zahlreicher sie sind. Nicht als ob die neue Ordnung etwas an den Leidenschaften ändern wollte; aber man kann die Richtung der Leidenschaften ändern, wenn auch nicht ihre Natur.

Ich begegne dem ewigen Einwand der Zivilisierten: Sie werden also doch die Leidenschaften ändern! Weit gefehlt, ich werde nicht einmal ihren Aufflug verändern; ich werde sie durch gegenlaufende Leidenschaften nutzbar machen.

Gleich unseren Obstbäumen muss jede Leidenschaft gepfropft, veredelt und durch Gegengewichte ausgeglichen werden. Ist sie dieser verschiedenen Stützen beraubt, so bringt ihr freier Aufflug nur Laster und Verbrechen hervor.

Zur Einführung guter Sitten bedarf es einer Gesellschaftsordnung, die es versteht, dem Feuer der Leidenschaften gerecht zu werden und ihrem indirekten und schädlichen Aufflug vorzubeugen, nämlich der nach rückwärts gerichteten, verdrängenden Bewegung, einem Grundübel der Zivilisation in allen ihren Phasen.

Wie deutlich straft dies diejenigen Lügen, welche die Leidenschaften herabsetzen, Leute wie Seneca und Plato, die meinen, man müsse sie zähmen oder ausrotten.

Das Gleichgewicht der Leidenschaften ist nicht willkürlich: Es beruht auf festen Regeln. Werden diese Regeln nicht eingehalten, so gleichen die Leidenschaften einem Orchester mit verstimmten Instrumenten; diese würden die Musik um die Wette verfälschen, und die Zuhörer könnten ausrufen: Bringt die Violinen zum Schweigen, dämpft die Bassgeigen, mäßigt die Flöten. Auf diese Weise kann man nicht zur Harmonie gelangen; man muss die Instrumente gut stimmen und sie zu einem geordneten Zusammenspiel dirigieren, ein jedes nach der Rolle, welche die Partitur ihm zuweist; dann braucht man nichts zu unterdrücken.

Die Leidenschaften bilden ein Orchester von 1620 Instrumenten; unsere Philosophen, die es dirigieren wollen, gleichen einer Legion von Kindern, die in die Oper einbrechen, sich der Instrumente bemächtigen und eine fürchterliche Katzenmusik veranstalten. Soll man daraus schließen, dass die Musik dem Menschen feind sei und dass man die Geigen unterdrücken, die Bässe zum Schweigen bringen und die Flöten ersticken müsse? Nein, man sollte diese kleinen Tölpel verjagen und die Instrumente erfahrenen Musikern zurückgeben. Ebenso wenig wie die Musikinstrumente sind die Leidenschaften dem Menschen feind: Feind sind ihm lediglich die Philosophen, welche die Leidenschaften dirigieren wollen, ohne die geringste Ahnung von dem Mechanismus zu haben, den die Natur ihnen verleiht.

Wie eine Leidenschaft die andere ablöst

Wenn ein mittelloser Mann die Ehe verabscheut und man ihm eine Frau mit hunderttausend Pfund Mitgift anbietet, wird er mit Freuden zugreifen und einen Bund eingehen, der ihn tags zuvor noch abstieß. Hat sich deshalb seine Leidenschaft gewandelt? Nein, aber seine beherrschende Leidenschaft, die Liebe zum Reichtum, hat die Richtung gewechselt; um ihr Ziel zu erreichen, schlägt sie heute einen Weg ein, der ihr gestern missfiel. Sie hat nicht ihr Wesen, sondern nur ihren Kurs geändert.

Seit gestern trauert Daphne um die Abreise ihres Geliebten; heute läuft ihr ein anderer über den Weg, der schöner und liebenswerter ist. Daphne erhört ihn, und der Reiz ihrer neuen Beziehung zu Pollux hat den Kummer über die Abreise von Antenor in sich aufgenommen. Die wahre Reinigung der Leidenschaften besteht in einem Wechsel, der die alte Liebe in sich aufnimmt.

Ist es nicht klüger, dem Sturm nachzugeben, als die Leidenschaft bändigen zu wollen, da sie die Deiche durchbrechen und das ganze Gebäude der Unterdrückung zum Einsturz bringen wird? Diese törichte Methode macht aus den zivilisierten Frauen liederliche Geschöpfe, nur weil sie ihnen einredet, sie hätten ein Recht auf geheime Auflehnung und Repressalien gegenüber den Männern. Die Harmonie ist weiser: Sie findet sich mit der Natur ab; und um das Mögliche zu erreichen, verlangt sie niemals mehr.

Die triste Moral sagt der jungen Frau, sie solle Diamanten und Perlen verabscheuen, schöne Kleider verachten, nur den Kochtopf und Kinderwindeln lieben. Dem Jüngling sagt sie, er solle Operntänzerinnen und rassige Pferde hassen und sich nur für die Schönheiten der Verfassung erwärmen. Dem

Kind sagt sie, es solle Süßigkeiten verschmähen und nur für trockenes Brot und Latein schwärmen. Dem Volk sagt sie, es solle die Leckereien des Jahrmarkts verachten, denn der Käse sei faul, das Schweinefleisch ranzig, der Aschkuchen zu fett, der Wein zu sauer, und sich stattdessen nur für die Souveränität, die Herrschaft des Volkes, ohne Brot und Arbeit begeistern.
Auch wenn derlei Ratschläge befolgt würden, wären sie doch eitel Lug und Trug. Man muss dem Laster vorbeugen, statt es zu unterdrücken.

Ich stelle die These auf, dass alle Anziehungen nützlich sind. Wie? Die Leidenschaften eines Nero, eines Tiberius sollen nützlich sein? Ganz gewiss, sogar äußerst nützlich in einer genossenschaftlichen Industrie. Wir wollen dieses Rätsel erklären.
Nero ist ein Wesen mit blutrünstigen Neigungen. Seine Natur verlangt, dass er schon als Dreijähriger an einer der Schlachtereien seiner Phalanx Gefallen findet. Würde er sich vor Blut ekeln, könnte er die Arbeit in den Schlachthöfen nicht mit Leidenschaft ausüben; er könnte sich nicht schon als Kind spielerisch daran gewöhnen und bereits im Alter von zwanzig Jahren ein geschickter Schlachter sein, wie seine Natur es verlangt.
Doch schon höre ich Agrippinas Antwort: »Welch ein Unfug! Mein Sohn, der Erbe des Throns der Welt soll für das Handwerk des Schlachters bestimmt sein!« Und Agrippina wird ihren Sohn von Seneca und anderen hohen Gelehrten abrichten lassen, die ihm beibringen, dass die Natur schlecht ist, dass blutrünstige Neigungen abscheulich sind, dass ein junger Prinz sich nur für den Handel und die Verfassung des Staates erwärmen darf und dass er sich entwürdige, wenn er sich mit den Schlächtern gemein mache.
Damit wäre bereits eine Leidenschaft des jungen Nero ge-

hemmt; ebenso werden zwanzig weitere Neigungen mit der Moral der Sanftmut und Reinheit erstickt. Dies ist Senecas Lehre; aber Horaz und La Fontaine sind ganz anderer Auffassung und urteilen weit gesünder, wenn sie sagen: »Jagt die Natur zur Tür hinaus, und sie kommt durchs Fenster wieder herein.«

Wir müssen die unseligen Folgen dieser unterdrückten Leidenschaft, ihrer Gegenläufer oder Rückläufer (wie Horaz es nennt) untersuchen.

Der junge Nero wird sich scheinbar dem Drängen seiner Lehrer fügen; doch seine blutrünstigen Neigungen sind nur verhüllt, nicht ausgemerzt. Sie tauchen in dem Augenblick wieder auf, da Nero das Joch seiner Lehrer abgeschüttelt hat; aber sie tauchen als nicht ins Gleichgewicht gebrachte Gegenläufer wieder auf, die sich ungemein bösartig auswirken: Nero wird ein grausamer Herrscher. Er tobt seine Leidenschaft auf Kosten derjenigen aus, die sie ihm als Kind hatten austreiben wollen, eine Leidenschaft, deren Aufflug so nützlich hätte sein können.

Nun, was könnte es schaden, wenn er schon in zartem Alter der Tätigkeit des Schlachters nachgeht, da doch im System der genossenschaftlichen Ausbildung alles miteinander verbunden ist! Die Arbeit im Schlachthaus führt wie jede andere zu sämtlichen Wissenschaften. So wird Nero frühzeitig lernen, mit einem Blick zu erkennen, welche Fleisch- und Fettqualität das Schlachttier hat, womit es gefüttert oder nach welchem System es gemästet worden ist. Nero wird also ein Landwirt, der sich in allen Futtermitteln auskennt. Dieses Wissen wird ihn auf den Weg zu weiteren Erkenntnissen bringen.

Fügen wir hinzu, dass der junge Nero, wäre er in einer Phalanx aufgewachsen, von seinem vierten Lebensjahr an noch zwanzig andere Neigungen hätte befriedigen können, die der weise Seneca zum Wohle der Moral erstickt hat,

und diese verschiedenen, frühzeitig entwickelten Neigungen könnten den jungen Nero zu zwanzig Arten nützlicher Studien führen. Nach und nach würde er in alle Wissenschaften eingeweiht sein, aus dem einzigen Grunde, weil er seinen Neigungen nachgegangen ist, die in der Zivilisation als lasterhaft verschrien sind und bei allen Kindern unterdrückt werden.
Wollte man indes das allgemeine System der leidenschaftlichen Gegenläufer untersuchen, so müsste man erkennen, dass Heinrich IV., wäre er nicht als Thronerbe, sondern als Kind kleiner Leute zur Welt gekommen, den vielen Widrigkeiten der mittellosen Klasse ausgesetzt gewesen wäre und als Anführer einer Räuberbande geendet hätte.

Hierzu noch einige Anmerkungen über die Anstauung der Leidenschaften und ihre unheilvollen Auswirkungen. Jede angestaute Leidenschaft bringt ihr Gegenstück hervor, das ebenso schädlich ist, wie die natürliche Leidenschaft heilsam gewesen wäre. Nennen wir ein Beispiel:
Die alternde Moskauer Fürstin Strogonoff war eifersüchtig auf die Schönheit einer ihrer jungen Leibeigenen; sie ließ sie foltern und stach sie eigenhändig mit Nadeln. Was war der wahre Grund ihrer Grausamkeiten? War es wirklich Eifersucht? Nein, es war lesbische Liebe. Besagte Dame war Lesbierin, ohne es zu wissen, und in Liebe zu jener schönen Leibeigenen entbrannt, die sie foltern ließ und dabei selbst Hand anlegte. Hätte irgendjemand die Fürstin Strogonoff über ihre lesbischen Gefühle aufgeklärt und die Aussöhnung zwischen ihr und dem Opfer betrieben, dann wären diese beiden Personen leidenschaftliche Liebhaberinnen geworden; aber die Fürstin verfiel ahnungslos in die entgegengesetzte, zerstörerische Leidenschaft. Sie quälte die Person, deren sie sich hätte erfreuen können, und ihre Wut war umso größer, als die Anstauung von dem Vorurteil her-

rührte, das der edlen Frau das wahre Ziel ihrer Leidenschaft verbarg und dieser sogar einen ideellen Aufflug versagte. Andere Menschen begehen gemeinsam die Abscheulichkeiten, welche die Fürstin Strogonoff alleine beging. Nero liebte kollektive oder allgemein übliche Grausamkeiten. Wotan hatte sie zu einem religiösen System, de Sade zu einem moralischen System erhoben. Dieser Hang zu Gräueltaten ist nichts anderes als das Ergebnis angestauter Leidenschaften. Wir kennen den spaßigen Wahn Julius Cäsars, der die Frau aller Ehemänner sein wollte. Heutzutage könnte Cäsar diese Neigung nicht befriedigen, ohne sich dem allgemeinen Gespött auszusetzen; er wäre gehemmt und verfiele vielleicht in einen entgegengesetzten, grausamen Wahn, unter dem sein ganzes Reich zu leiden hätte.

Kriegserklärung an die Perfektibilisten[17]

Wenn ich die mechanische Theorie der Leidenschaften verkünde, das heißt das Mittel, sie in der nämlichen Ordnung und nach den nämlichen Regeln zu entwickeln, die in der himmlischen Armee zur vollkommenen Harmonie führen, ungeachtet der großen Ungleichheit, die wir unter den Gestirnen beobachten; und wenn ich behaupte, ich besäße diese Berechnung der mathematischen Eigenschaften der Leidenschaften, ohne die sich die Einheit des Universums oder des Systems der Natur nicht beweisen lässt, wird mir jedermann sagen: Zeigen Sie sie doch her! Ach, ihr hättet sie begrüßen sollen, als ich sie euch vorlegte. Aber der Versuch, den ich mit meiner ersten Ankündigung (1808) machte, ließ mich zwei Hindernisse erkennen: als erstes die Intrige, und als zweites die Vorurteile in der Liebe. Heute, da ich aus Erfahrung die Niedrigkeit des Jahrhunderts kenne, mit dem ich es zu tun habe, wiederhole ich, dass ich mich nicht zum Narren halten lasse. Ich kann nur immer wieder sagen, dass ich die Theorie der Leidenschaften besitze, an der drei-

17 Die »Perfektibilisten« glauben an die Vervollkommnungsfähigkeit (perfectibilité) des Menschen, eine Lehre, welche die Ideologiekritiker verfochten (eine auf Condillac, 1715-1780, zurückgehende Richtung der Philosophie). Ihre Hauptvertreter waren Condorcet und Helvetius.

ßig Jahrhunderte gescheitert sind, aber dass ich nicht bereit bin, sie nur zur Hälfte preiszugeben. Um sie dem philosophischen Aberglauben schmackhaft zu machen, müsste ich aus ihr die Liebe tilgen, die wichtigste aller Leidenschaften. Eine drollige Bedingung. So als hätte man zu Praxiteles gesagt: »Deine Venus ist allzu vollkommen; sie könnte Gedanken wecken, die den Vorschriften der Moral widersprechen. Lieber Praxiteles, du musst deine Statue verstümmeln, damit sie unserer Perfektibilisatoren würdig wird. Nimm den Meißel und schlage ihr einen Arm ab, brich ihr ein Bein, schneide ihr ein Ohr ab, schlage ihr ein Auge ein.«

Warum haben die Philosophen nicht längst eine Abordnung zum Höchsten Wesen geschickt, die ihm sagt: »Armer Schöpfer, wiewohl du dich seit Ewigkeiten abmühst, Welten zu erschaffen, verstehst du dein Handwerk noch immer nicht. Du hast Mitleid erregt auf einem winzigen Globus, Erde genannt, und wir Philosophen, Perfektibilisatoren des Perfektibilisantismus, sind gekommen, um dir beizubringen, wie man es anfängt, Welten zu erschaffen; um dir zu sagen, dass du ein Narr warst, als du jene Leidenschaft, die man Liebe nennt, geschaffen hast. Wir Philosophen haben alles perfektioniert. Ganz gewiss willst du deine Vernunft nicht in eine Reihe stellen mit der eines Haufens von Perfektibilisatoren wie Plato und Aristoteles, Sallust und Seneca, Locke und Condillac, Mirabeau und Robespierre, die allesamt die Ehe für gut befunden und jene unbezähmbare, unbegreifliche Leidenschaft, die Liebe, verurteilt haben, die du so törichterweise dem Menschengeschlecht beschieden hast.«

Auf diese Worte würde der Schöpfer ohne allen Zweifel antworten: »Erlauchte Perfektibilisatoren der Perfektibilisierung des Perfektibilisantismus. Es ist mir eine große Ehre, dass unter so vielen Milliarden Sternen, die ich geschaffen habe und seit aller Ewigkeit regiere, sich endlich ein kleiner Globus gefunden hat, der Gelehrte hervorbrachte, welche

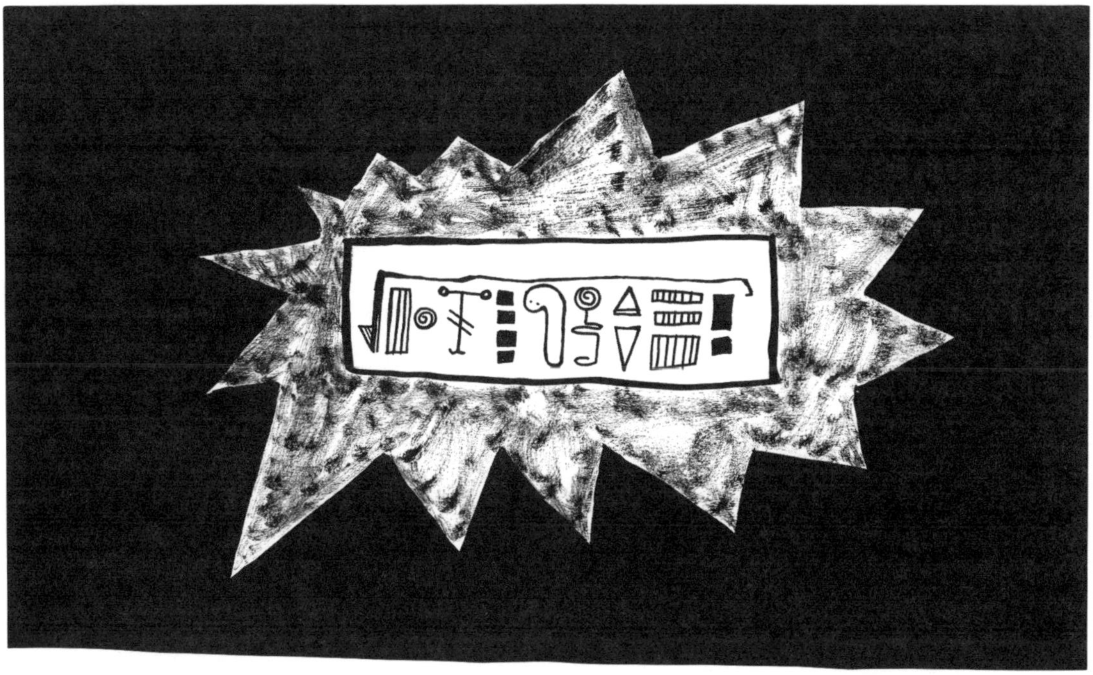

imstande sind, mir meine Irrtümer nachzuweisen und mir zu sagen, dass es falsch von mir war, die Leidenschaft der Liebe zu schaffen. Ich muss euch gestehen, erlauchte Perfektibilisatoren, dass dies nicht der einzige Dank ist, den ich eurer erhabenen Gesellschaft schulde, denn sie hat mich schon gelehrt, an meiner eigenen Existenz zu zweifeln, über die ich mir etwas unschlüssig wurde, als einige von euch beschlossen, nicht mehr an mich zu glauben. Aber dieser euer Schritt zerstreut meine Zweifel. Dennoch ist meine Freude leicht getrübt. Ich weiß nicht recht, erlauchte Perfektibilisatoren, wie ich in Zukunft die bereits erschaffenen und noch zu erschaffenden Sterne organisieren soll, da ich, nach eurem unfehlbaren Spruch, die Leidenschaft der Liebe abschaffen soll, die gewiss schändlich ist, da ihr es behauptet. Diese Leidenschaft, die mein Werk ist, hat mittlerweile einige Milliarden Jahrhunderte auf Milliarden von Sternen geherrscht und sie glücklich gemacht. Aber es sieht so aus, als sei mein System heute abgenutzt, als sinke mein gleichwohl ewiges Genie und als müsse ich mir einen Universumsverwalter zulegen, der die Leidenschaften ausrottet, die so nutzlos geworden sind, seit es das System der Perfektibilisierung gibt, das man eurem hochgelehrten Globus verdankt. Infolgedessen bin ich geneigt, euch Recht zu geben, und erkläre dem Universum, dass ich die Leidenschaft der Liebe abschaffen will.
Erlauchte Perfektibilisatoren, ihr besitzt über die Leidenschaften Erkenntnisse, die mir verschlossen sind. Aber jedem das Seine: Ich habe eine Ewigkeit geherrscht, nun sind die Philosophen an der Reihe, da ich selbst nicht imstande bin, Welten ohne Liebe zu schaffen. Im Übrigen lebt auf eurem Globus ein Verrückter, der mein System der Liebe und der anderen Leidenschaften durchschaut hat. Sagt ihm, er sei ein Esel, da ich selbst einer bin und er so töricht ist, meine Gebote über die euren zu stellen.«

Die Vorbedingung der Harmonie: eine neue Erziehung

Kein Kind ist schlecht

Würde man unsere Neigungen von Kindheit an entwickeln, wie es in der Harmonie geschehen wird, und würde jeder Einzelne methodisch über den Aufflug seiner Neigungen unterrichtet, dann ließe sich das Problem klären.

Ein Kind scheint euch voller Bosheit zu stecken, weil es naschhaft, rauflustig, launisch, trotzig, frech, neugierig und schwer zu zügeln ist.
Heutzutage allerdings, das will ich zugeben, ist dieses Kind unerträglich, und das gilt für alle Kinder. Aber ich gebe nicht zu, dass es schlechte Kinder gibt. Ihre angeblichen Laster sind das Werk der Natur. Der Fehler liegt bei der Zivilisation, die es nicht versteht, die Eigenschaften zu entwickeln und auszunutzen. Falsch ist auch die Philosophie, die nicht zugeben will, dass die Ordnung der Zivilisation naturwidrig ist, da sie dazu zwingt, die großherzigsten Regungen der Kinder zu ersticken, die Naschhaftigkeit und Aufsässigkeit der Knaben, die Putzsucht und Hoffart der Mädchen.

Das Kind wird von der Verderbtheit unserer Sitten weniger berührt. Es fügt sich den Trieben der Natur leichter als der Vater; es weiß mit philosophischen Weisheiten nichts anzufangen. Bei ihm ist also die Anziehung in ihrer ursprünglichen Reinheit vorhanden, und es gilt, ihr Ziel zu erforschen.
Das Kind kann gar nicht verderbt sein, da es der Natur näher steht als wir; wir, die Erwachsenen, sind es, die sich von den Bahnen der Natur entfernt haben, und um sie wiederzufinden, müssen wir eine Gesellschaftsordnung

schaffen, welche die Neigungen nutzbar macht, wie Gott sie uns gegeben hat.

Die jüngste Sekte der Sophisten, die ans Licht getreten ist, die Saint-Simonisten, predigen unablässig die Moral; alles verkleistern sie mit der Moralität der Moral und der Moral der Moralität. Sie verschonen nicht einmal zweijährige Kinder: Sie vernachlässigen die Erziehung der Sinne und Antriebe und verkünden, das Kind müsse schon in der Wiege moralisch und moralisiert sein; sie äffen den Musikbesessenen nach, der schon dem Säugling zu singen und zu tanzen befiehlt.

Ich habe zwei Gegensätze erwähnt, die Vorliebe für Putz und die Vorliebe für Schmutz, die man in der Regel bei der großen Mehrheit der Kinder zwischen neun und fünfzehn Jahren antrifft, wobei erstere bei den Mädchen, die andere bei den Knaben bis zum Pubertätsalter vorherrscht.
Diese beiden gegensätzlichen Anziehungen kritisieren unsere Gelehrten noch immer, weil sie in ihnen nicht den Keim zweier höchst nützlicher Korporationen zu sehen vermögen. Freilich sind sie in der Zivilisation undurchführbar, doch bestehen diese beiden Keime aller Moral zum Trotz; allenthalben ist zu beobachten, dass sich zwei Drittel der Mädchen für Putz, zwei Drittel der Knaben für Dreck begeistern. Hätte man theoretische Untersuchungen über die Anziehung angestrengt, dann hätte man schon längst die Richtigkeit und Schicklichkeit dieser beiden Neigungen bewundert.

Die Erziehung in der Zivilisation stiftet das Kind zu weiteren Missetaten an. Da man eine seiner Neigungen unterdrückt, wird es rachsüchtig und boshaft; es zerstört, rauft, sperrt sich gegen den Unterricht, den es sich gefallen ließe, wenn man ihm einen ehrenvollen Spielraum für seinen Drang nach Schmutz gewähren würde.

Die Erziehung in den leidenschaftlichen Serien leitet das Kind einzig durch den Anreiz des Vergnügens. Dies sollte das Ziel jeder Erziehung sein. Unsere Systeme sind diesem Ziel nicht einmal nahe gekommen, sie haben vielmehr Scharen von Kindern herangebildet, die sich ständig gegen den Unterricht, die Erziehung und die Lehrer verschwören und ein würdiges Gegenstück ihrer Väter abgeben, die, fürchteten sie nicht den Galgen, ebenfalls gegen die soziale Ordnung rebellieren würden.

Wie lässt sich jene freiherzige Gesinnung bei der Jugend durchsetzen? Indem man Liebschaften begünstigt, die sich in Richtung auf die freiherzige Ehre entwickeln. Diese Art der Ehre muss bei den Kindern schon im zarten Alter tiefe Wurzeln schlagen; man darf nicht warten, bis sie fünfzehn sind, um sie ihnen einzuimpfen, einem Alter, in dem sie in Widerstreit mit der Liebe gerät. Die zivilisierte Erziehung ist falsch, weil sie dem Kind nur eine individuelle und engherzige Ehre einbläut, die überdies durch die habsüchtigen Ratschläge des Vaters behindert wird. Die Harmonie dagegen wird die freiherzige Ehre schon im verständigen Alter, d. h. mit neun Jahren, keimen lassen, sodass sie mit fünfzehn bereits die Stärke eines kräftigen Baumes hat, den der Ansturm einer neuen Leidenschaft, der Liebe, nicht oder nur bei einer kleinen Minderheit entwurzeln kann.

Der Eintritt in die Pubertät

Ich werde den Plan einer Erziehung entwerfen, die zu der Zeit, da die Kinder in das Reifealter eintreten, aller Falschheit in den Liebesbeziehungen den Weg versperrt, indem sie den gegensätzlichen Neigungen genügend Spielraum lässt.

Wir werden noch weitaus verpöntere Neigungen analysieren, die im Pubertätsalter vorherrschen. Laster sind sie nur durch die Unfähigkeit der Zivilisation, die sie nicht zu nutzen versteht. Ebenso verhält es sich mit dem Drang zur Liebe, den unsere philosophische Weisheit bei der fünfzehnjährigen Jugend ersticken will. Wenn die Harmonie alle sogenannten Laster der Kindheit in einen Hebel für produktive Arbeit zu verwandeln weiß, wird sie nicht auch imstande sein, aus den sogenannten Lastern der Heranwachsenden Nutzen zu ziehen?

Die Liebe, die bei der heutigen Jugend der produktiven Arbeit so sehr zuwiderläuft, wird in der Harmonie zum glänzendsten aller industriellen Hebel bei den Chören der Jouvenceaux und Jouvencelles.

Das Ziel besteht darin, das Kind an die leidenschaftliche Arbeit zu gewöhnen, insbesondere im Alter des Übergangs zwischen fünfzehn und zwanzig Jahren, das am schwierigsten zu durchlaufen ist, das einzige, in dem die Liebe von der Arbeit ablenken könnte.

Die Chöre des Jouvencellats sind ohne Zweifel der wichtigste Teil der Harmonie der Leidenschaften. Dieses Alter, fünfzehn bis neunzehn Jahre, bildet den Übergang zwischen der Kindheit und dem Alter der Geschlechtsreife. Unsere zivilisierte Gesetzgebung will dieses Alter allgemeinen Keuschheitsgeboten unterwerfen, die umso weniger beachtet werden, als die Sitten und die öffentliche Meinung die Jugendlichen zur Unzucht verleiten. Diese Gesinnung der männlichen Jugend überträgt sich insgeheim auf die weibliche Jugend, wo sie eine mit Heuchelei geschminkte Libertinage hervorbringt. Die Harmonie, deren Methoden der zivilisierten Doppelzüngigkeit in allen Stücken widersprechen, muss

in dieser Periode der Wahrhaftigkeit in den Sitten beider Geschlechter zur Herrschaft verhelfen, die in das Reifealter eintreten.
Das Mittel hierzu ist die völlige, durch die Ehre ausgeglichene Freiheit.

Sollen wir jene Natur, jene Vernunft zu Rate ziehen, mit denen man uns dauernd in den Ohren liegt? Sie sagen uns, dass man beim Aufflug jeder einzelnen Leidenschaft die Interessen aller anderen wahren müsse; die Interessen der Liebe zum Beispiel müsse man mit den schicklicheren Leidenschaften der Ehre, der Freundschaft, des Familiensinns in Einklang bringen, das heißt die Liebe dergestalt beeinflussen, dass sie nicht bei einem Fünfzehnjährigen mit einem Schlag das ganze Gebäude der Erziehung umstößt. Den Übergang zur Liebe regeln – dieses Ziel sollte sich ein geordnetes Gesellschaftssystem setzen.

Könnte man in der Zivilisation versuchen, zu einem solchen Ergebnis zu gelangen? Welch beklemmende Aufgabe, verliebte und im Geheimen genießende junge Mädchen an die Schicklichkeiten der Ehre, der Freundschaft, der Familie zu mahnen! Nun, welcher Philosoph würde es wagen, solchen Frondienst auf sich zu nehmen? Die Kunst, hier erfolgreich zu sein, gehört zu den schönsten Aufgaben der Harmonie. Aber sie verfährt in diesem Punkt anders als unsere Moralisten und Theologen, welche die Kunst beherrschen, die Jugend zu einigem oberflächlichen Gehorsam zu zwingen, indem sie auf der einen Seite die Furcht vor Gott und der Hölle, auf der anderen Seite die Furcht vor gegenwärtigen Züchtigungen ins Spiel bringen.
Uns sollte vielmehr die Aufgabe beschäftigen, ein junges Mädchen durch Anziehung und nicht durch Zwang so zu erziehen, dass es die Gebote der Ehre und der Freundschaft

achtet, unter deren Banner unsere Höllenkessel sie niemals zwingen können. In der Zeit, da die Liebe sich zu regen beginnt und die jungen Menschen geschlechtsreif werden, muss man sie dazu heranbilden, die Liebe mit den anderen edlen Regungen zu versöhnen. Im Augenblick des Übergangs muss man die guten Keime pflanzen, aber gerade in dieser kritischen Zeit, zu Beginn des Pubertätsalters, versagen unsere sozialen Einrichtungen.

Da ein junges Mädchen ohnehin zur Liebe erwacht und die Natur, allen moralischen Lektionen zum Trotz, dieses Gefühl in ihr weckt, wäre es angebracht, in diesem Punkt der Natur nachzugeben und dafür Sorge zu tragen, Ehre und Freundschaft gleichzeitig mit der Liebe einzupflanzen, deren Erwachen man ja doch nicht verhindern kann. Statt diesen Weg einzuschlagen, statt Liebe und Ehre zugleich keimen und miteinander wachsen zu lassen, verbietet unsere törichte Moral die Liebe und tut der jungen Person kund, dass sie diese Leidenschaft so lange ersticken muss, bis ihre Eltern sie an einen rechtmäßigen Ehemann verkauft haben. Über die Sklaverei erbittert, begeistert sich die junge Person – dem Gesetz der Gegensätze entsprechend – für alles, was ihr Gelegenheit zur Freiheit verschafft.

Die Philosophen ahnen durchaus die Unzulänglichkeit des zivilisierten Systems in der Zeit des Übergangs zur Liebe, welche die schwerste von allen ist. Da sie die jungen Mädchen aber weder mit der Ehre noch mit der Ehe locken können, ihnen keine glänzende Entschädigung für die vorläufige Bewahrung ihrer Jungfräulichkeit versprechen können, werfen sie die Furcht vor der Entehrung und die Qualen der Hölle in die Waagschale. Damit behandeln sie das Problem im negativen Sinne. Die Furcht vor der Schande verbürgt keine ruhmvolle und positive Entschädigung. Darum täuscht das junge Mädchen Gehorsam vor und verheimlicht ihre Verfehlungen gegen die Gebote. Und sie erreicht ihr Ziel mit jenen geheimnisvollen Schlichen, die ihre Interessen in keiner Weise stören. Will man aber, dass sie sich bis zum zwanzigsten Lebensjahr in freiwilliger Keuschheit übt, so muss man die positive Ehre ins Feld führen. Die Harmonie bietet ihr eine herrliche Entschädigung für die einstweilige Enthaltsamkeit. So muss die Ordnung der Anziehung verfahren. Sie darf nur eine freiwillige Keuschheit fordern, die anziehend genug ist, dass man ihr aus freien Stücken den Vorzug gibt.

Man würde die Falschheit der Frauen nur verstärken, gewährte man ihnen eine halbe Freiheit, ohne sie durch Maßnahmen zu unterstützen, die geeignet sind, die Gefühle der Ehre und der Freundschaft, die edlen Neigungen aufkeimen zu lassen, welche die Frauen heute sklavisch den Interessen der Liebe unterordnen. Man kann einer Leidenschaft nicht mehr auf edle Weise nachgehen, wenn man sie zum gemeinen Sklaven einer anderen macht. Der soziale Mechanismus muss die verschiedenen Leidenschaften in jenem Gleichmaß der Rechte erhalten, von der die Philosophen träumen; und unter Gleichheit der Rechte verstehe ich keine Gleichheit an Einfluss, sondern ein abgestuftes Verhältnis, das man in der Zivilisation nirgendwo antrifft. Die Frauen hören hier kein vernünftiges Wort über die Dinge, die ihre Liebesbeziehungen angehen. Die sanftmütigste, tugendhafteste Frau wird zur Tigerin, sobald man ihren Interessen widerspricht. Bei den Frauen ist die Liebe wie ein Sturzbach, der alles mit sich reißt, und dieses Ergebnis sollte unseren Moralkünstlern zu denken geben, die fortwährend von Gleichgewicht, Gegengewicht, Garantien usw. faseln. Wo ist denn das Gleichgewicht, das sie in der Liebe hergestellt haben? Sie verstehen es nur, den Geschlechtstrieb zurückzudrängen: durch Zwang, Türschlösser, Anstandsdamen, Vorurteile, das heißt durch mehr oder weniger verhüllte

Gewalt. Aber es kommt darauf an, die Frauen zu veranlassen, dass sie spontan und aus freien Stücken das Gleichgewicht zwischen der Liebe und den drei anderen affektiven Leidenschaften: Ehre, Freundschaft, Familiensinn, beachten. Man wird mir beipflichten, dass ihre Erziehung in diesem Punkt versagt und dass die Philosophen keinerlei Mittel besitzen, diese Wandlung auch nur stufenweise herbeizuführen.
Sie sind unfähig, während der Zeit jenes Übergangs die Sohnesliebe mit der Pflicht in Einklang zu bringen, und noch weit unfähiger, die Frauen im Gebrauch einer rechten Freiheit heranzubilden, zu der einige von ihnen gelangen. Eine reiche Witwe zum Beispiel befindet sich annähernd im Zustand völliger Freiheit. Auch andere – etwa unbewachte verwaiste Mädchen – genießen fast uneingeschränkte Freiheit. Wieder andere erlangen sie durch die Einfalt ihres Gatten, den sie zum Vermittler und Schirmherrn ihrer galanten Abenteuer machen. Unter diesen verschiedenen Frauen findet man kaum zwanzig von hundert, die ihre Freiheit klug zu nutzen wüssten. Es bedarf also einer kollektiven Erziehung zur Freiheit.

Das ganze Erziehungssystem müsste so eingerichtet sein, dass der Übergang zum Alter der Reife glücklich gemeistert werden kann. Gerade hier scheitert die Wissenschaft mit ihrem Perfektibilitätspathos. Es gibt keine größere Niederlage, als sie unsere philosophischen und religiösen Dogmen in ihrem Kampf gegen die Liebe einstecken mussten.
Welche Möglichkeiten bietet das Gesetz den jungen Leuten in der Liebe bis zum Augenblick der Eheschließung? Zu dieser Frage schweigt die Philosophie. Sie wagt nicht zu leugnen, dass die Menschen im Alter zwischen fünfzehn und dreißig Jahren ein Bedürfnis nach Liebe haben; gleichwohl erlaubt sie keine Hurerei. Aber etwas Notwendiges nicht

verbieten, heißt es dulden. Ein prächtiges Ergebnis unserer Erziehung! Abschließend möchte ich noch auf den Unterschied zwischen ihrem Erziehungssystem und dem der Harmonie hinweisen. Mit der Schilderung der Qualen im Diesseits wie im Jenseits wollen sie die Jugend zur Entsagung zwingen. In der Harmonie dagegen bedient man sich nur der Hebel der Ehre.
Ich beschloss diese kurze Abhandlung mit den Grundbegriffen der harmonischen Erziehung. Bemerkenswert ist ihre Fähigkeit, dem Kind den Wetteifer und die Ehrgefühle einzuprägen, die das zivilisierte System ihm so gar nicht vermitteln kann.

Die Harmonie gründet ihre Berechnungen auf die Einheit der Erziehung wie aller Einzelheiten des gesellschaftlichen Mechanismus. Sie ist bestrebt, alle Altersklassen zu vereinen, sodass die geheimen Grundsätze des Pubertätsalters nicht den Doktrinen widersprechen, die in der Kindheit gelehrt wurden.
Die Harmonie darf also dem Kind nur solche Lehren beibringen, die mit den Antrieben vereinbar sind, die es mit fünfzehn Jahren von Gleichaltrigen erhalten wird. Als Erstes werden sie sich der Liebe zuwenden. Sie werden kaum an Reichtümer, an die Verlockungen des Ehrgeizes denken; diese sind dem Mannesalter vorbehalten.
Wenn es nicht gelingt, die in der Kindheit erteilten Lehren mit den Regungen der Pubertät und des reifen Alters zu vereinen, dann verfällt das ganze Erziehungssystem der Doppelzüngigkeit und dem Widersinn. Gibt es eine lächerlichere Methode, als dem Kind Dogmen einzubläuen, über die es mit sechzehn Jahren spotten wird?

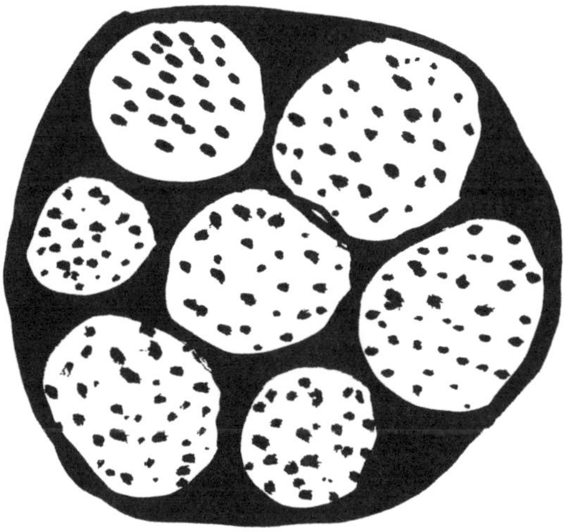

Einige Wohltaten der Harmonie

Alles für das Vergnügen

In der Harmonie, wo großer Überfluss und eine ungeheure Vielfalt an Vergnügungen herrscht und wo das harmonische Zusammenleben allgemeine Eintracht verlangt, muss der religiöse Kult die Liebe zu Gott mit der Liebe zur Lust verbinden, die keine Gefahren mehr bergen wird.

Wären wir dazu bestimmt, in der Entsagung zu leben, zu der die Zivilisation uns zwingt, dann hätte Gott uns, gleich dem Kamel und dem Esel, einen Hang zur Genügsamkeit eingepflanzt. Doch der Zustand der Harmonie, den er uns vorbehält, hat die Eigenschaft, eine Fülle verschiedenartigster Erzeugnisse hervorzubringen. Dogmen, die Enthaltsamkeit, Fastenzeiten und Bußübungen predigen, werden dort nicht mehr zulässig sein, da sie der gesellschaftlichen Ökonomie schaden würden.

Bei der Berechnung der Anziehung muss sich alles um das Vergnügen drehen, alles muss auf die Garantie der Vergnügungen zielen.

In der Harmonie, wo niemand arm und für jedermann bis ins hohe Alter die Liebe zugänglich ist, widmet ein jeder dieser Leidenschaft einen bestimmten Teil des Tages; die Liebe wird zur Hauptbeschäftigung.

Duldsamkeit

Wir gründen unsere Berechnungen nicht auf die Zivilisation, sondern auf eine andere Ordnung, in der unsere Ehebräuche und andere Sitten vergessen sein werden; sodass es eine

Fülle von Neuerungen in der Liebe geben wird, die in manchen *Fällen jene heute so widerwärtige Teilhabe in der Liebe* überaus reizvoll machen, ohne deshalb die egoistische Liebe auszuschließen, die eine der vielen Möglichkeiten bleibt, die jedermann offensteht.

Ich kritisiere hier die Zivilisation nur insofern, als sie die eifersüchtige Liebe zum ausschließlichen System erheben will. Ebenso würde ich mich gegen ein Volk wenden, das bestimmte Bräuche, die einer allgemeinen Liebeskommune gleichkämen, zum System erheben wollte. In der Harmonie gilt die Regel, alle ausschließlichen Systeme zu vermeiden, denn sie sind das Grundübel der Zivilisation.

Unsere Berechnungen gründen auf einer Gesellschaft, die der Genüsse niemals überdrüssig wird und mit all den Mitteln, die in der heutigen Ordnung unvorstellbar sind, versorgt ist. Es wird ihr gelingen, aus dem Misthaufen der Zivilisation wertvolle Perlen zu klauben, denn sie wird auf dieselben Leidenschaften einwirken, die bei uns so viele Schändlichkeiten hervorbringen.
Die Polygamie, bei den Zivilisierten und Barbaren ein Auswurf der Leidenschaft, wird in der Harmonie eine hochherzige Beziehung sein; um meinen Lieblingsvergleich heranzuziehen: wie aus der hässlichen Raupe der schönste Schmetterling, so werden aus der in unserer unterentwickelten Gesellschaft so hässlichen Polygamie in der Harmonie die erhabensten sozialen Tugenden hervorgehen.

Was nützt es, Verachtung für etwas zu predigen, das alle Welt liebt, und einen Haufen von Vorschriften hochzuhalten, von denen niemand auch nur eine Silbe befolgen will? Und gesetzt, eure zivilisierten Grundsätze wären gut, so kann man doch immer wieder beobachten, dass ihr sie

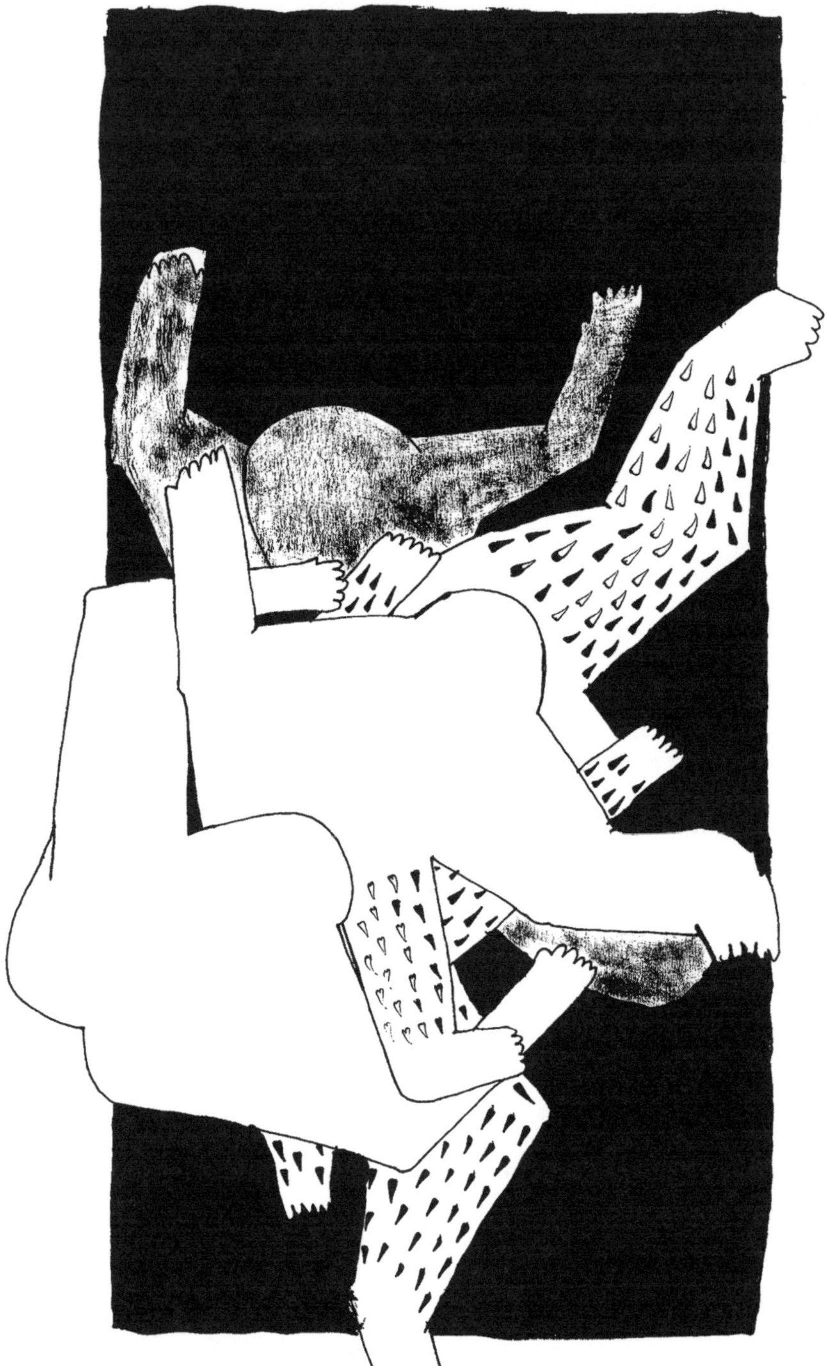

entweder nicht befolgen könnt oder nicht befolgen wollt, oder dass ihr sie weder befolgen könnt noch wollt. Ist es dann nicht klüger ein Gesetz zu wählen, das zu befolgen ihr sowohl die Kraft als auch den Willen habt, ein Gesetz, das euch nur abverlangt, was euch gefällt und was ihr ohnedies im Geheimen praktiziert; ein Gesetz, das die angeblichen Laster, die ihr nicht zu regeln versteht, wieder zu Ehren bringen und zum Wohle der Allgemeinheit wenden wird? Dieses Gesetz, das ihr in euch tragt und das euch verbotene Handlungen wie polygame Liebesbeziehungen anrät, wird euch auch das Mittel an die Hand geben, sie nutzbringend in allgemeiner Übereinstimmung zu praktizieren. Es schlägt euch also nur vor, was ihr sonst heimlich und ungeordnet tut. Es führt keine Neuerungen ein, um irgendeine eurer Leidenschaften zu zerstören, sondern um heutige Übel, wie die polygame Liebe, in die rechte Bahn zu lenken. Denn da man sie doch nicht verhindern kann, ist es klüger, sie sich nutzbar zu machen.

Jedem Paar steht es frei, den Ehebund einzugehen; er wird sogar begünstigt und gefestigt durch die Einführung von Ehe-Pausen, d. h. der Aufhebung der Treuepflicht für eine vereinbarte Zeitspanne, sofern diese Aufhebung in der Kanzlei des Liebeshofs registriert wird.

Weit davon entfernt, Missstimmungen zu fürchten, bedarf man ihrer geradezu in der Harmonie, um ihr System der Eintracht zu organisieren. Dieser Grundsatz steht in völligem Gegensatz zu unseren philosophischen Systemen, denen zufolge wir alle Brüder sein müssen, vereint in der Liebe zur Moral und zur Wassersuppe. Eine solche allgemeine und undurchführbare Vereinigung würde in der Harmonie als Missbildung angesehen, in der sich Gemeinsamkeit nur durch den geordneten Anstoß von Rivalitäten, durch den Gegensatz unterschiedlicher Bestrebungen einstellen kann.

Die Harmonie, die stündlich, ja viertelstündlich immer neue Vergnügungen zur Auswahl stellt, wird gerade durch die Vielfalt der Genüsse allen Exzessen vorbeugen; ihre rasche Aufeinanderfolge bürgt für Mäßigung und Gesundheit. Die große Zahl der Belustigungen wird jedermann kräftigen: im Gegensatz zur Zivilisation, wo die Klasse, die der Wollust am meisten frönt, allenthalben auch die körperlich schwächste ist. Daran darf man nicht den Vergnügungen die Schuld geben, sondern einzig der Seltenheit dieser Vergnügungen, die zu Exzessen führt, was den Moralisten das Recht zu geben scheint, den epikuräischen Lebenswandel zu verdammen. Sie predigen immerfort die entgegengesetzte Mäßigung, nämlich den Verlockungen des Vergnügens zu widerstehen; sie wissen nichts von der Lebensform der direkten Mäßigung oder der Hingabe an eine große Vielfalt sich gegenseitig ausgleichender Vergnügungen, die durch ihre Mannigfaltigkeit und ihr Ineinandergreifen vor Ausschweifungen schützen.

In der Harmonie muss es Geschmacksrichtungen aller Art geben, schon deshalb, weil die Mittel vorhanden sind, sie alle zu befriedigen. Die Bacchantinnen sind dort ebenso unentbehrlich wie die Vestalinnen, denn Kultur durch Anziehung kann nur entstehen, wenn es Liebschaften jeder Schattierung gibt. Neben den Bacchantinnen, die sich in der Tugend der Brüderlichkeit üben und sich den Freuden der ganzen Menschheit weihen, wird man auch Vestalinnen und Jungfern von erprobter Treue finden; ebenso wird es, wenn auch sehr viel seltener, Männer geben, die den Frauen treu sind, was in der Zivilisation nicht vorkommt, es sei denn, man sucht sie bei den Muckern, die nicht in die Welt der Liebe gehören.

Jeder Mann und jede Frau werden völlig frei sein, nach eigenem Gutdünken zu handeln und ihren Geschmack zu wechseln, wann immer es ihnen gefällt; aber sie sind verpflichtet, sich der Gruppe anzuschließen, die ihre vorherrschende Leidenschaft pflegt. Eine Frau kann nicht, wie in der Zivilisation, drei oder vier Liebhabern öffentlich ihre Gunst gewähren und sich gleichzeitig als Vestalin ausgeben. Wenn es ihr beliebt, kann sie ein Dutzend Günstlinge auf einmal haben, aber sie ist verpflichtet, sich der Gruppe der Messalinen, Kokotten, Galanten oder ähnlichen anzuschließen; das Gleiche gilt für die Männer. Aber warum sollte man seine Neigungen verleugnen wollen, wenn man frei ist, sie zu bekennen? Die Gruppen der Messalinen und Kokotten werden ebenso nützlich sein wie andere.

Freundschaft

In der Zivilisation werden nicht nur die Liebe, sondern alle affektiven Leidenschaften auf ihren mattesten Aufflug begrenzt. Es ist hier üblich, sich auf einen kleinen Freundeskreis zu beschränken, während die Harmonie jeden dazu ermuntert, seine freundschaftlichen Beziehungen unbegrenzt zu vermehren, da er keine Arglist zu befürchten hat. Ähnlich wirkt sich die gegenwärtige Gesellschaftsordnung auf die Familienbeziehungen aus; die Einehe schränkt die Beziehung, die sich in der Harmonie auf die Mehrheit erstrecken wird, auf einen sehr kleinen Kreis ein.

Emanzipation der Frauen

Freie Frauen werden die Männer an Arbeitseifer, Redlichkeit und Edelmut übertreffen.

Wir sollten es vermeiden, den Frauen die Chancen ihrer künftigen Größe auszumalen; denn die zivilisierte Erziehung hat sie derart herabgesetzt, dass sie misstrauisch werden, wenn man ihnen eine Gesellschaftsordnung verkündet, in der ihr Geschlecht nicht mehr auf die Wirkung ihrer rasch verfliegenden Reize angewiesen sein wird; eine Ordnung, in der sie, auf ihre anerkannten Verdienste gestützt, jede Laufbahn einschlagen und an allen Würden teilhaben können.

In der Harmonie wird man ohne Zögern anerkennen, dass die Frau dazu bestimmt ist, der Gegenpol, nicht der Sklave des Mannes zu sein; dass es darauf ankommt, für das männliche Geschlecht einen Rivalen, eine wetteifernde Konkurrenz zu schaffen. Wo anders wäre ein solcher Rivale zu finden, wenn nicht im weiblichen Geschlecht?

Erinnern wir daran, dass die Frauen in der neuen Gesellschaftsordnung an allen Einrichtungen jeweils zur Hälfte beteiligt sein werden. Das mag den Zivilisierten sehr sonderbar vorkommen, deren Gesellschaftssystem darauf abzielt, die Frauen so weit irgend möglich zu entwürdigen und abzustumpfen. In ihrer augenblicklichen Knechtschaft scheinen sie gewiss so vieler Ehren nicht würdig; aber wir werden noch zeigen, dass die Erziehung in der neuen Ordnung den Frauen zur Unabhängigkeit verhilft und ihnen auch die Mittel an die Hand gibt, sie zu bewahren, und dass die Gesellschaft ein Interesse daran haben wird, ihnen dieselben Rechte einzuräumen wie den Männern; denn wenn sie nicht die volle Freiheit genießen, kann es nicht gelingen, die gesellschaftlichen Beziehungen zu organisieren.

Der harmonische Ball

In der neuen Ordnung sind die Feste deshalb so reizvoll, weil sie keine der Unannehmlichkeiten bereiten, welche die zivilisierten Bräuche nach sich ziehen.
Beginnen wir mit der ersten Beschwernis, der despotischen Aufforderung zum Tanz. Dem ist leicht Abhilfe zu schaffen.

In der Harmonie kann eine Frau, die man zum Tanzen auffordert, ohne Weiteres antworten: »Noch nicht«; das heißt durch die Blume gesagt: Ich bin Ihnen nicht gewogen; wenn Sie das Recht haben, mir den Vorzug zu geben, so habe auch ich das Recht, einen anderen vorzuziehen. Einer Frau steht das Recht zu, jemanden abzuweisen, der um ihre Hand anhält; warum sollte ihr das nämliche Recht nicht auch zustehen, wenn man sie zu einem Walzer auffordert?

Zweite Beschwernis: die Gefahr, ein Mauerblümchen zu sein. Die Männer wissen diese Kränkung durchaus zu würdigen; es finden sich immer ein paar mitleidige Seelen, die sich als barmherzige Ritter aufspielen und die sitzengebliebenen Frauen zum Tanze führen. Doch sobald ihr Spiel durchschaut ist, kommt ihre Aufforderung fast einer Beleidigung der Frau gleich, denn sie stempelt sie als Mauerblümchen ab.

Wie wäre dem abzuhelfen? Es gibt ein einfaches Mittel: Man braucht nur die einseitige Barmherzigkeit durch eine vielseitige zu ersetzen und bei jedem Ball eine Serie aufeinanderfolgender Komplementäre zu bilden, die sich organisieren und vor dem Ball ausgelost werden. Aus 32 jungen Männern lost man die komplementären Gruppen aus; die Nummern 1 bis 8 tanzen die erste Quadrille und den ersten Walzer; die Nummern 8 bis 16 übernehmen die zweite Runde, und so weiter bis zur vierten; wonach man in derselben Reihenfolge wieder von vorn beginnt. Auf diese Weise ist keiner ein barmherziger Ritter, da alle es abwechselnd sind, und die Damen, die an der Verlosung nicht teilgenommen haben, wissen nicht, ob derjenige, der sie auffordert, dies aus Barmherzigkeit oder aus reiner Zuneigung tut. Ein solches Verfahren wäre in jedem Lande möglich, in dem wahre Ritterlichkeit herrschte.

Dritte Beschwernis: das Kleiderunwesen. In der Harmonie würde es verschwinden, weil Männer wie Frauen es vorteil-

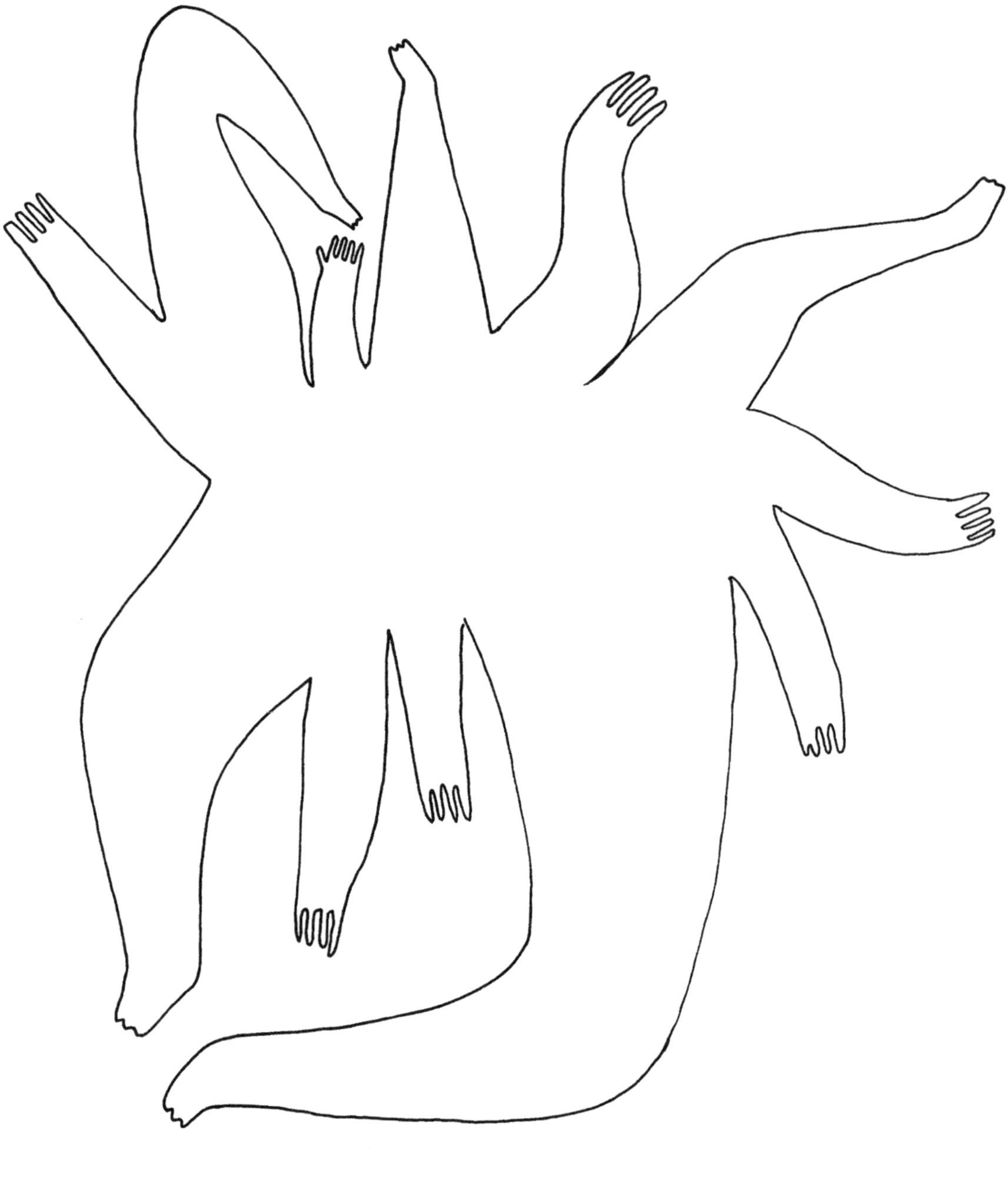

hafter fänden, sich von diesem Zwang zu befreien und für den Ball ein schlichtes Gewand zu wählen.

Im April beispielsweise kehren die Arbeitsgruppen gegen 8 Uhr abends von der Arbeit zurück. Müsste man drei Stunden darauf verwenden, sich Locken zu drehen und mit Bändern zu behängen, so könnte der Ball erst um 11 Uhr beginnen; und möge er noch so kurz dauern, wie könnte man am nächsten Tag vor Sonnenaufgang wieder zur Arbeit gehen? Die Menschen in der Harmonie haben zu viele Geschäfte zu verrichten, als dass sie Belustigungen zulassen könnten, die Zeit kosten. Die Gruppen brauchen höchstens eine Viertelstunde, um ihre Arbeitskleider abzulegen und ein Ballkleid anzuziehen. Im April beginnt der Tanz um 8 Uhr abends. Um 9 Uhr wird das Abendessen gereicht. Eine Stunde nach dem Essen geht der Tanz weiter, und um 11 Uhr liegen alle im Bett. Manchmal beginnt die Veranstaltung mit einem Konzert oder einer Theateraufführung und man tanzt erst nach dem Essen. In der Harmonie wird nichts eintönig sein.

Nichts ist anstößig

Es wird nicht anstößiger sein, wenn eine Dame einen bestimmten Herrn vorzieht, als wenn ein Herr einer bestimmten Dame den Vorzug gibt. Anstößig ist allein die Verletzung der Schicklichkeit. Verglichen mit den Zivilisierten befindet sich die Versuchsphalanx in der Lage eines Mönchsklosters, das innerhalb seiner Mauern eigenen Gesetzen folgt, unabhängig von den äußeren Gepflogenheiten der Stadt, denen ein Ordensbruder sich anpasst, wenn er sein Kloster verlässt.

Gegen die Einehe

In der Harmonie wird es keine Fallstricke mehr geben. Die Paare erlangen die höheren Liebesgrade erst im Laufe der Zeit; anfangs haben sie keinen anderen Titel als den des

Favoriten oder der Favoritin, deren Rechte gering und auch widerruflich sind, wenn die Beteiligten sich ungebührlich betragen. Der Mann, der sich ein Kind wünscht, läuft nicht Gefahr, durch die Unfruchtbarkeit der alleinigen Gattin um diese Hoffnung betrogen zu werden. Und die Frau läuft nicht Gefahr, ein Leben lang unglücklich zu sein durch die Heuchelei eines Gatten, der sich am Tag nach der Hochzeit als Spieler, als roher oder eifersüchtiger Mensch entpuppt. Kurz, den Titel Ehemann oder Ehefrau erwirbt man erst, wenn man hinreichende Prüfungen bestanden hat, und da er nicht exklusiv ist, bildet er für die Vereinten einen Anreiz zur Ritterlichkeit und ist nicht länger ein Werkzeug der Unterdrückung wie heute in der Einehe, die alle Liebesbeziehungen so eintönig macht.

Keine Eifersucht mehr

In der Harmonie können unzählige Triebfedern ins Spiel gebracht werden, die ebenso wirksam, aber weit edler sind als der Eigennutz, zum Beispiel die umfassende Freundschaft oder Uniteismus, Religiosität usw. Es lässt sich voraussehen, dass sie umso leichter zu diesem Ausgleich zwischen den Eifersüchtigen und den Nicht-Eifersüchtigen gelangen können, weil dort weder die eine noch die andere Rolle festgelegt ist.

In den Liebesversammlungen der Harmonie, wo kein Misstrauen, kein Interessenstreit, sondern im Gegenteil innige Freundschaft herrscht, wird man großes Vergnügen daran finden, jede Eifersucht abzulegen.

Man kann sich Hörner aufsetzen

Das bei den Zivilisierten so hochgepriesene Hahnreitum gibt es auch in der Harmonie, und zwar in der Klasse der egoistischen Liebhaber. Die Zivilisierten können also beruhigt sein, dass ihnen dieses Vergnügen, an dem sie ihre höchste Freude haben, nicht entgehen wird; sie werden sich auch in der Harmonie Hörner aufsetzen lassen können.

Uns blieb noch die Theorie der harmonischen Teilhabe in der Liebe zu entdecken, deren Ausübung gewiss natürlich ist, da man in unseren Sitten so viele schändliche Keime jener Teilhabe antrifft. Obzwar sie die Ehre und das Selbstgefühl verletzt, ist sie für die auf ihre Eroberungen stolzen Teilhabenden Anlass zum Triumph. Wenn man schon beim Ehebruch der schändlichen und auf Betrug gegründeten Teilhabe beipflichtet, um wie viel bereitwilliger wird man dann erst denen beipflichten, die sich von Wahrheit, gottesfürchtiger, freundschaftlicher Gesinnung und den Anreizen des Ruhms werden leiten lassen.

Ich habe eine sehr ausführliche Kritik an der erniedrigenden Lage der jungen Leute geübt, die sich auf ihre Ehebrüche so viel zugute halten. Diese angeblichen Trophäen gereichen ihnen in jeder Hinsicht zur Schande: In der Zivilisation brüsten sie sich damit, aber in der Harmonie wird man sie darob verlachen, wo jeder, der sich der Falschheit schuldig macht, dem allgemeinen Gespött anheimfällt.

Kein Konflikt mehr zwischen Zärtlichkeit und Begehren

Bislang habe ich nur das Gerüst des Gebäudes gezeigt, nur die Materie der polygamen Liebesbeziehungen. Ich gestehe, dass ich sie vorerst in abstoßenden Farben geschildert habe. Doch konnte ich einen anderen Weg beschreiten? Die Theorie fordert, dass man das Materielle vor dem Spirituellen beschreibe; ich müsste mich dazu bequemen, denn so ist das Gesetz der Natur. Kann ein Architekt einen Salon mit Teppichen und Spiegeln ausschmücken, bevor Mauern und Gebälk fertiggestellt sind? Gewiss nicht. Ich bin in der gleichen Bedrängnis. Will ich die Liebe in der Harmonie beschreiben, so bin ich genötigt, zuerst das Gerüst des Gebäudes, das Materielle zu erbauen, das isoliert unstreitig ekelhaft ist, wie ein Skelett ohne Haut und Muskeln.

Ich stelle mir vor, dass die Art der Versorgung auf die Frauen der Harmonie dieselbe Wirkung haben wird, wie die stete Gewähr einer gut gedeckten Tafel auf die Zivilisierten. Sie wird weder Aufruhr noch gemeinen Streit um Wein und Speisen aufkommen lassen.

Ich verleihe der spirituellen Liebe großen Glanz, gerade weil ich die materielle Liebe hell erstrahlen lasse; meine Vorkehrungen verfolgen einzig das Ziel, beiden in all ihren Entwicklungen zu Ehren zu verhelfen und die soziale Welt mit dem offenkundigen Willen der Natur in Einklang zu bringen, die alle Bedürfnisse befriedigt sehen möchte.
Das aber kann nicht gelingen, solange wir nicht ein Mittel finden, die celadonische Liebe aus der Erniedrigung zu befreien, in die sie bei uns gefallen ist.

Es lässt sich leicht denken, dass die Jugend in der Harmonie, voller Eifer und nach Illusionen begierig, sich mit Begeisterung der sentimentalen Beziehung hingeben wird, die heute nur eine Quelle von Unbilden ist. Die Menschen in der Harmonie, die mit sinnlichen Vergnügungen reich versorgt sind, werden weder Visionäre noch Romantiker sein, wenn sie diese Genüsse um die Illusionen des reinen Gefühls bereichern, vom Celadonismus bis zum Angelikat. Diese Illusionen bedeuten für sie das nämliche wie eine Blumenschale für eine wohlgedeckte Tafel; freilich würde diese Schale abgeschmackt und lächerlich wirken auf einem Tisch, auf dem keine Speisen stünden.

Die sentimentale Liebe wird in der Harmonie die herrlichste Rolle spielen.

In der Harmonie wird jedermann sein höchstes Glück im Gefühl finden, der Quelle von tausend verfeinerten Genüssen, die heute unbekannt sind.

In der Harmonie, in der es keine Täuschung mehr gibt, scheut man sich nicht vor celadonischen Liebschaften: Sie bilden eine notwendige Ergänzung zu den anderen Spielarten der Liebe.

Das »Fiasko« ist nicht mehr beschämend

Einige zivilisierte Frauen, die sinnliche Freuden im Überfluss genießen, passen sich aus Corpsgeist den allgemeinen Vorurteilen ihres Geschlechts an; dieser böse Geist kann ihnen nur in der Harmonie ausgetrieben werden. Dann erst wird die volle und stetige Befriedigung ihrer sinnlichen Bedürfnisse sie über das oben geschilderte angebliche Vergehen gerecht urteilen lassen. In diesem Falle wird das Tribunal der Frauen, statt über das Versagen des Mannes zu spotten, die Frau beschuldigen, das Gefühl verletzt zu haben, indem sie überstürzt gehandelt und verfrühte Versuche zur Lust herausgefordert hat. Dem Mann dagegen wird man zugute halten, dass bei ihm das Gefühl überwog.

Die Unbeständigkeit wird zur Tugend

Die Unbeständigkeit gehört zur menschlichen Natur; man sollte sie schätzen, nicht nur als Schicksal aller Menschen (von Ausnahmen abgesehen), sondern auch als Gewähr für die erhabensten Tugenden. Wir werden noch zeigen, dass die unbeständige Liebe in der Harmonie die höchsten sozialen Tugenden hervorbringt.
Die Unbeständigkeit birgt keine Gefahren mehr und ist

nützlich, wenn sie freundschaftliche Beziehungen hinterlässt. Als Beispiel dafür will ich nur den in der Harmonie weit verbreiteten Brauch nennen, allen ehemaligen Geliebten oder Freunden ein Vermächtnis zu hinterlassen. Hat eine begüterte Frau im Laufe ihres Lebens 50 Männer glühend geliebt und mit jedem von ihnen eine gewisse Zeit verbracht und ihnen später ihre Freundschaft bewahrt, wird sie es nicht versäumen, sie in ihrem Testament zu bedenken, andernfalls wäre sie schon zu Lebzeiten angeklagt worden, sich jenen gegenüber, denen sie glückliche Tage verdankt, liederlich und undankbar gezeigt zu haben. Solche Vermächtnisse gelten nicht für gelegentliche Liebschaften. Besagte Dame wird bei ihren Karawansereien, Orgien, Ausflügen und Bacchanalien vielleicht 1000 bis 2000 Liebhaber haben. So vielen vorübergehenden Liebhabern vermacht man keine Legate. Doch denjenigen, denen sie mehrere Monate lang leidenschaftlich verbunden war, wird sie nach Meinung der Öffentlichkeit eine gewisse Summe hinterlassen müssen, wenn sie nicht als einfacher Charakter gelten will, als zivilisierter Geist, der sozialer Tugenden nicht fähig ist und keine Erinnerung an die Beziehungen bewahrt, die lange Zeit ihr Leben verzaubert haben.

So wird jene Brüderlichkeit, jene Menschenfreundlichkeit, die unsere gelehrten Frauen einführen wollen, ihre Kraft aus der tugendhaften Unbeständigkeit schöpfen, jener Unbeständigkeit, die freundschaftliche Gefühle hinterlässt.

Die offen geübte Unbeständigkeit hat nichts Lasterhaftes an sich, zumal dann nicht, wenn sie auf gegenseitigem Einverständnis beruht; widerwärtig ist allein der Betrug, der in allen zivilisierten Liebesbeziehungen herrscht. Cato[18] lobte die jungen Männer, die Freudenhäuser aufsuchten und sich mit austauschbaren Frauen abgaben, einen Tag mit dieser, den anderen mit jener. Cato, ein Muster an Tugend, billigte also die Unbeständigkeit. Gewiss, in der Zivilisation ist

18 Cato der Ältere oder Censor, 234-149 v. Chr., angeblicher Sittenwächter in Rom.

sie in mancher Hinsicht verächtlich; doch ehe ihr den Stab über sie brecht, lernt erst den Mechanismus kennen, der sie, wie alle Spiele der Leidenschaften, veredeln und vor Lastern schützen wird.

Versöhnung von Unbeständigkeit und Treue

Mit Recht beklagen sich die zivilisierten Lüstlinge über die Seltenheit und kurze Dauer der Illusionen; es herrscht in dieser Sache ein endloser Streit, geschürt von einigen Monogynen, die mit ihrer häuslichen Liebe und ihrer republikanischen Keuschheit zufrieden sind und vorgeben, dass die große Welt, würde sie nur ihrem Beispiel folgen, zum Glück gelangte. Aber in der großen Welt, in den oberen Klassen gibt es viele Polygyne, die sich weder mit einfachen Liebschaften noch mit eintönigen Genüssen abfinden mögen. Diese edlen Charaktere fühlen, dass ihre Unzufriedenheit berechtigt ist, wenn sie im Einzelnen nachlesen, wie viele verschiedenartige Illusionen die Harmonie für sie bereithält. Von den Eigenarten der Polygynen habe ich bislang nur die Unbeständigkeit, die Untreue beschrieben, da sie der Kritik den meisten Anlass bietet. Es bleibt, die Kehrseite der Medaille zu zeigen. Die Polygynen sind einem Spiegel mit zwei Flächen, einer konkaven und einer konvexen, vergleichbar. Immer spiegeln diese Charaktere gleichzeitig die entgegengesetzten Bilder wider. Wir wollen sie unter dem Blickwinkel der Beständigkeit betrachten, um festzustellen, ob sie nicht auf weit erhabenere Weise beständig sind als die von der Philosophie so gerühmten einfachen Charaktere oder häuslichen Turteltauben.

Die Polygynen haben die Eigenart, sich einen oder mehrere »Drehpunkte« (*pirots*) in der Liebe zu schaffen. Mit diesem Begriff bezeichne ich eine Neigung, die sich durch alle Stürme der Unbeständigkeit erhält. Der Polygyne, der von einer Frau zur anderen eilt und im Wechsel bald mehrere gleichzeitig, bald nur eine einzige liebt, bewahrt sich darüber hinaus eine lebhafte Leidenschaft für eine »Pivotale«, eine Drehpunktliebe, zu der er immer wieder zurückkehrt. Diese Geliebte übt einen dauerhaften Reiz auf ihn aus, er liebt sie auch während der heftigsten Leidenschaft für eine andere, die ihn seine vorangegangenen Favoritinnen vergessen lässt.

Bei dieser Liebe handelt es sich also um eine zusammengesetzte Beständigkeit, die sich mit den Unbeständigkeiten, den Treuebrüchen verträgt und darum den Titel einer transzendenten Treue verdient. Die Anhänglichkeit der Polygynen für ihre »Pivotale« ist von unterschiedlicher Dauer. Bei einem Omnigynen hält sie 28 Jahre vor. 28 Liebesjahre aber kämen in der Zivilisation etwa der gesamten Liebeskarriere eines Menschen gleich, zumal man nicht auf Anhieb seiner »Pivotalen« begegnet.

Die »Drehpunktliebe« ist wahrlich eine transzendente Treue und umso erhabener, als sie die Eifersucht überwindet, welche die gewöhnliche Liebe verunstaltet. Männer und Frauen sind nicht eifersüchtig ob der Unbeständigkeit ihrer »Pivotalen«, denen sie vertrauen. Hat man eine gewisse Zeit mit einer »Pivotalen« gelebt und sie dann verlassen, so kann man auf ebenso galante Weise ihr Celadon werden, als ob die Liebe gerade erst erwachte. Jede verwandtschaftliche Beziehung zu ihr erscheint kostbar, und selbst ein Mann, der nichts von der Ehe hält, wird ihr um seiner »Drehpunktliebe« willen zuneigen oder sich Personen zuwenden, die ihn in ihrer Nähe fesseln. Das Nämliche gilt für die Leidenschaften der Freundschaft und des Ehrgeizes. Mit voller Hingabe dient man den Interessen der »Pivotalen«, selbst wenn die sinnliche Liebe versiegt ist.

In der Zivilisation ist es recht schwierig, diesen hohen Sympathien einer »Drehpunktliebe« zu begegnen. In der heutigen Ordnung ergeben sich Liebesbeziehungen nur durch

Zufall. Der eine verbringt viele Jahre, ohne eine »Pivotale« zu finden, während der andere ihr auf Anhieb begegnet, sie aber nicht umwerben kann, weil eine Ehe, ein Vermögen usw. im Wege stehen. Darum kann diese Art der Liebe bei uns kein Gegenstand irgendwelcher Berechnungen sein; erst in der Harmonie, wo sie jeder sich seinem Charakter entsprechend beschaffen kann, wird sie zum Feld der glänzendsten Spekulationen.

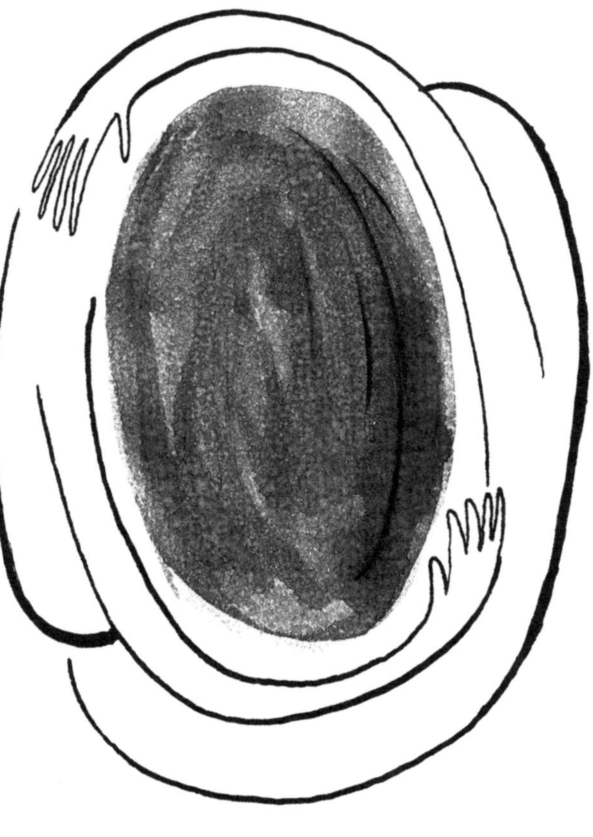

Das Angelikat

Das angelische Paar

Das Angelikat ist ein Brauch, der in jedem Lande eine Fülle schöner Paare dazu bestimmt, vorübergehend einer großen Zahl von Liebhabern und Liebhaberinnen in ehrbarer Form ihre Gunst zu schenken, woraus freundschaftliche Beziehungen und allgemeine Begeisterung entstehen. Es gibt keine Schwärmerei, die weiter verbreitet wäre als die der Öffentlichkeit für schöne Paare, eine Neigung, die sehr viel leichter zu befriedigen ist als die Liebe zum Geld. Ein begüterter Mann müsste sich gänzlich entblößen, um alle zufriedenzustellen, die es nach Reichtum gelüstet, während ein angelisches Paar auf nichts verzichten muss, um eine Fülle von Liebhabern und Liebhaberinnen zu befriedigen. Im Gegenteil, es wird dabei Illusionen, Ehren und glanzvolle Wege des Glücks gewinnen. Gibt es eine Beziehung, die würdiger wäre, dass man sie zum Wohle aller Menschen fördert? In der Harmonie wird man sie umso mehr begünstigen, als die angelischen Paare keineswegs von Bewerbern bestürmt werden, da sie genügend Mittel bereithält, um alle Wünsche der Liebe wie jeder anderen Leidenschaft zu erfüllen.

In der Harmonie geben die angelischen Paare die Zustimmung, dass andere das geliebte Wesen materiell besitzen dürfen. Sie erklären sich einverstanden, dass ihre Bewerber beiderlei Geschlechts mit den Mitgliedern der Priesterschaft des Angelikats heilige materielle Vereinigungen eingehen.

Bedenken wir, zu welch hartem Los man heute so viele junge Leute heranbildet, die der Begeisterung fähig sind; ganz zu schweigen von den Widrigkeiten des klösterlichen Lebens.

Was ist reizloser als der Kriegsdienst, die Unbilden des Feldlagers, der Schützengräben, der Gewaltmärsche, des Hungers und des Unwetters? Alles dies nimmt man in Kauf, nur um es zu einem armseligen Posten als Hauptmann zu bringen und oftmals mit einem Bein oder einem Arm weniger abzudanken. Um wie viel verlockender ist es doch, die unbeschwerliche Laufbahn eines Philanthropen der Liebe einzuschlagen und von Thron zu Thron zu schreiten, bis man das Zepter der Welt führt und auf dem Wege der Wollust jenen höchsten Rang erreicht, für den ein Cäsar, ein Napoleon das Blut vieler Millionen Menschen opfert! Wie anders verhält es sich mit der Begeisterung eines angelischen Paares, auf das die ganze Welt ihr Augenmerk richtet.
Kann man daran zweifeln, dass jenes Band des reinen Gefühls, jener Verzicht auf die Sinnlichkeit, bei den harmonischen Menschen in größtem Maße Fuß fassen wird, da sie in dieser Bindung völlige Freiheit genießen und auch Bindungen nach Art der Zivilisierten eingehen können, wann immer es ihnen gefällt, ohne darum die Früchte ihrer philanthropischen Werke einzubüßen? Es genügt, dass die offenen Beziehungen lange gedauert haben, um die namhaften Bewerber und Bewerberinnen zu befriedigen; eine Zeitspanne von zwei bis drei Monaten reicht aus, um dieser Vereinigung den nötigen Glanz zu verleihen und dem Paar den Titel von öffentlichen und wählbaren Favoriten zu sichern.
Kann ihnen während dieser Zeit der Prüfung etwas zu ihrem Glück fehlen? Sie erfreuen sich einer Vielzahl materieller und geistiger Genüsse. Keiner, der sich nacheinander seinen auserwählten Favoriten und Favoritinnen widmet, braucht sich auf die sinnliche Lust zu beschränken; er wird sich mit ihnen zusammen der wahren Begeisterung erfreuen, die auf religiöser Verehrung gründet, und sich mit den Engeln vereinen, die einander in diesem Dienste achten gleich Ab-

bildern des Göttlichen, deren Glanz sie in den Liebeshöfen genießen werden. Jeder von ihnen wird der Minister der sinnlichen Genüsse des anderen sein, ein wohltätiger Führer der Erwählten, der sich für ihre Aufnahme einsetzt. Jeder wird die Freuden, die er seiner angelischen Hälfte verschafft, als hohen Freundschaftsdienst ansehen.
Die Ausübung des reinen Gefühls, wie ich sie schildere, adelt das Paar in den Augen der anderen wie in den seinen; es wird von seiner Umgebung ebenso verehrt, wie es sich verehrt.
Wie lange soll diese sentimentalische Ekstase der angelischen Gatten dauern? Ihr ist keine bestimmte Frist gesetzt; je nach der Stärke der Charaktere und der Heftigkeit der Leidenschaft kann sie kürzer oder länger sein, denn in der Harmonie ist alles frei; umso bereitwilliger wird das Engelspaar seine materielle Vereinigung hinauszögern, welche die Periode seines Angelikats beschließen muss. Wir fügen hinzu, dass eine solche Vereinigung nur zwischen Menschen stattfinden kann, die schön und tugendhaft genug sind, um einander selbst wie dem Publikum grenzenlose Begeisterung einzuflößen.
Um die Definition vollständig zu machen, müssen wir noch erklären, aus welchen Motiven sich jene transzendente Flamme zusammensetzt, welche die Gatten vereinen und dazu ermuntern wird, an den Vergnügungen des geliebten Wesens, das andere besitzen, Wohlgefallen zu finden, jene Flamme, die ihre Begeisterung für die Aufgabe schürt, die uns so absonderlich anmutet. Diese Art der Zuneigung ist erst dann zu begreifen, wenn man die Gemälde der Harmonie kennt; hier mag es genügen, dass ich flüchtig ihr geistiges Band dargestellt habe.

Auf einen Einwand, den jeder Zivilisierte erheben wird, brauche ich nicht einzugehen, denn er erledigt sich von selbst.

Wenn nämlich diese so unbeschwerliche, so lustvolle angelische Vereinigung eine Stufe sein kann, um sich auf den höchsten Thron zu erheben und sogar eines der Zepter des Erdballs zu schwingen, wird es von sentimentalen Histrions wimmeln, die Angelikat spielen wollen –, eine äußerst angenehme Rolle für männliche und weibliche Libertins, die, indem sie Unzucht treiben und reine Liebe vortäuschen, sich den Weg zu unermesslichem Reichtum bahnen werden. Aber es müssen sehr viele Bedingungen erfüllt werden, bevor ein Paar zum Angelikat zugelassen wird. Als Erstes muss es eine fast allgemeine Begeisterung wecken, und es gibt nur wenige Paare, die diesen materiellen Vorzug besitzen; ferner muss das Paar durch sein bisheriges Verhalten und seine hochherzigen Talente bewiesen haben, dass es die Wahlstimmen und den Aufstieg zu diesem Rang verdient.

Käme ein schönes und berühmtes Paar in der Zivilisation auf den Einfall, diese angelische Rolle zu übernehmen, würde es erleben, dass Stadt und Land es mit Bittschreiben bestürmen; es wüsste nicht, wem es Gehör schenken soll, und wäre genötigt, zu verzichten, noch bevor es sein Amt angetreten hat. Einer solchen Wohltätigkeit in Liebesdingen wäre das gleiche Schicksal beschieden wie der finanziellen Wohltätigkeit, die in der Zivilisation unmöglich ist, weil zu viele Bittsteller herbeiströmen. Darum ist das Prinzip: » Gebt anderen das, das ihr wollt, dass man euch gibt «, in der Praxis nicht anwendbar. Ich habe erkannt, dass es binnen wenigen Tagen alle wohlhabenden Leute ruinieren würde, da die Zivilisation allenthalben das Verhältnis zwischen Bedürfnis und Freigebigkeit stört und jede Wohltat unmöglich macht. Anders in der Harmonie, wo die Fülle der Anträge, ob nun in Dingen der Liebe oder der Wohltätigkeit, stets geringer sein wird als die Fülle der Angebote. Daher kommt es, dass die barmherzigen Werke der Liebe Veranlassung zu ehrenwertem Eifer und einem Wettstreit an Großzügigkeit geben werden; und die angelischen Paare, weit entfernt, von einer Flut von Bewerbern überschwemmt zu sein, werden vielmehr Gefahr laufen, ihrer nicht genug zu finden, um ihrem Angelikat Größe zu verleihen, das ja nur Erfolg verspricht, wenn die Personen sehr berühmt sind. Ein wenig bekanntes Paar wird, ungeachtet seiner Schönheit, nur geringes Interesse erwecken, von den Nachstellungen einiger Greise abgesehen, während die jungen Leute beiderlei Geschlechts, denen die verschiedenartigsten Liebesbeziehungen sicher sind, sich nicht für unbekannte und nicht hervorstechende Engel begeistern werden.

Ein Beispiel: Narziss und Psyche

Narziss und Psyche sind die schönste Zierde der Stadt Gnide; viele umschwärmen sie, und es ließen sich mindestens zwanzig gnidische Männer nennen, die eine erklärte Leidenschaft für Psyche empfinden, und zwanzig gnidische Frauen, die für Narziss entbrannt sind.
Nach dem Gesetz der Zivilisation darf Psyche nur einem keuschen Gatten und Narziss nur einer keuschen Gattin angehören. Die Anziehung entscheidet anders: Sie will, dass jene zwanzig Liebespaare an der Gunst von Narziss und Psyche teilhaben. Wenn aber Gott die Anziehungen nicht unnütz austeilt, so muss er für Mittel gesorgt haben, diese vierzig Personen zu befriedigen, die Psyche und Narziss begehren, und sie in ehrenhafter Form zu befriedigen, d.h. auf Wegen, die geeignet sind, gegenseitige Begeisterung und den sentimentalen Zauber auszulösen, den die Harmonie verlangt, denn sie will, dass allenthalben Gleichheit zwischen dem Materiellen und dem Spirituellen herrsche. Kurz, es bedarf eines Mittels, das schöne Paar mit Anstand den zwanzig anderen Paaren zuzuführen, die es begehren; denn würde es sich in ungebührlicher Weise hingeben, so würde

der geistige oder sentimentale Zauber schwinden und die Liebesbeziehungen, da eines ihrer Elemente beraubt, ins bloß Materielle hinabsinken, in den rohen, rein tierischen Genuss. Das umworbene Paar muss im Gegenteil bei seiner Hingabe die erhabenste Begeisterung wecken.
Indem Psyche und Narziss sich jeweils einer Fülle von Bewerbern hingeben, werden beide in den Augen der Öffentlichkeit wie in den Augen der Bewerber und auch in ihren eigenen Augen Tugendengel, woraus eine allseitige Beziehung entspringt, sogar zum Publikum, das zwar weniger verliebt ist als die Bewerber, aber gleich ihnen von der philanthropischen Hingabe des angelischen Paares entzückt ist.
Wenn sich also Psyche und Narziss jeweils zwanzig leidenschaftlichen Personen hingeben, können sie zum Fortschritt von Weisheit und Tugend beitragen. Diese Vereinigung muss von der Gesellschaft geheiligt sein, sie muss in den edelsten Formen vor sich gehen und darf keinerlei Ähnlichkeit mit den wüsten Orgien der Zivilisierten aufweisen.

Von welchen Motiven ist diese Gefälligkeit von Psyche und Narziss bestimmt, was läutert die Opfertat? Dies ist der Kernpunkt der angelischen Vereinigung. Sie wird uns erklären, wie sich infolge eines reinen, raffinierten und transzendenten Gefühls die beiden Liebenden, bevor sie sich einander vermählen, körperlich all denen vermählen, die den glühenden Wunsch danach geäußert haben und durch diesen Akt philanthropischer Liebe denselben Glanz erhalten, mit dem man in der Zivilisation einen Decius, einen Regulus[19] und andere religiöse und politische Märtyrer umhüllt.
Gibt es eine Stadt oder Gegend, die keine Psyche hat, die von zwanzig Männern begehrt wird, keinen Narziss, den zwanzig Frauen umschwärmen? Fügen wir hinzu, dass die Helden der Liebe, die edles Entzücken dazu hinreißt, sich allen ihren erklärten Bewerbern hinzugeben, weder auf Alter noch auf Schönheit sehen, sondern es sich zur Ehre

19 Decius Mus, Name dreier Generationen von »Helden«, die sich den unterirdischen Göttern weihten, in dem Glauben, damit den Sieg der römischen Armeen herbeizuführen (340, 295, 279 v. Chr.); Regulus (Marcus Atilius), 267 und 256 v. Chr. Konsul, opferte sich, als er einen Gefangenenaustausch ablehnte und daher in Karthago grausam hingerichtet wurde.

anrechnen, sowohl dem Greis wie dem Jüngling ihre Gunst zu schenken.
Hässlichkeit an Körper und Seele, Misstrauen, Krankheiten, allgemeiner Betrug legen dem Aufkeimen der verschiedenen Arten der Liebe, die wir geschildert haben, unüberwindliche Hindernisse in den Weg. Doch wir gründen unsere Berechnungen nicht auf die Zivilisation, sondern auf eine Ordnung, in der auch die geringsten Menschen reich, höflich, aufrichtig, liebenswert, tugendhaft und – außer im sehr hohen Alter – schön sein werden.
Die Teilhabe in der Liebe, die vorübergehende Gemeinsamkeit wird durch die angelische Vereinigung ehrenhaft.
Nehmen wir an, Psyche und Narziss sind unsterblich ineinander verliebt. Sie sind das schönste Paar von Gnide, und keinen der vierzig Bewerber und Bewerberinnen wird es Wunder nehmen, dass sie einander den Vorzug geben. Aber wenn nun Psyche und Narziss, infolge eines bei uns ganz undenkbaren Antriebs, sich darauf einigen, einander erst dann anzugehören, nachdem jeder von ihnen seinen zwanzig Bewerbern angehört hat, dann müssen wir zugeben, dass die großmütige Hingabe der beiden Liebenden, die aufeinander verzichten, um eine Vielzahl von Freunden zu befriedigen, ebenso ehrenhaft ist, wie eine launische Prostitution schändlich gewesen wäre. Aber welche Gründe könnten diese beiden Liebenden veranlassen, sich dergestalt dem Vergnügen der Öffentlichkeit zu opfern? Mit gutem Grund darf ich verheißen, dass die Harmonie Keime der freiheitlichen Liebe hervorbringen wird, die in der entgegengesetzten Richtung wirken wie unsere Bräuche und den angelischen Paaren sowie denjenigen, die sie besitzen, eine hochherzige und heilige Trunkenheit, eine erhabene Wollust bescheren wird, die unserem heutigen Egoismus überlegen ist.

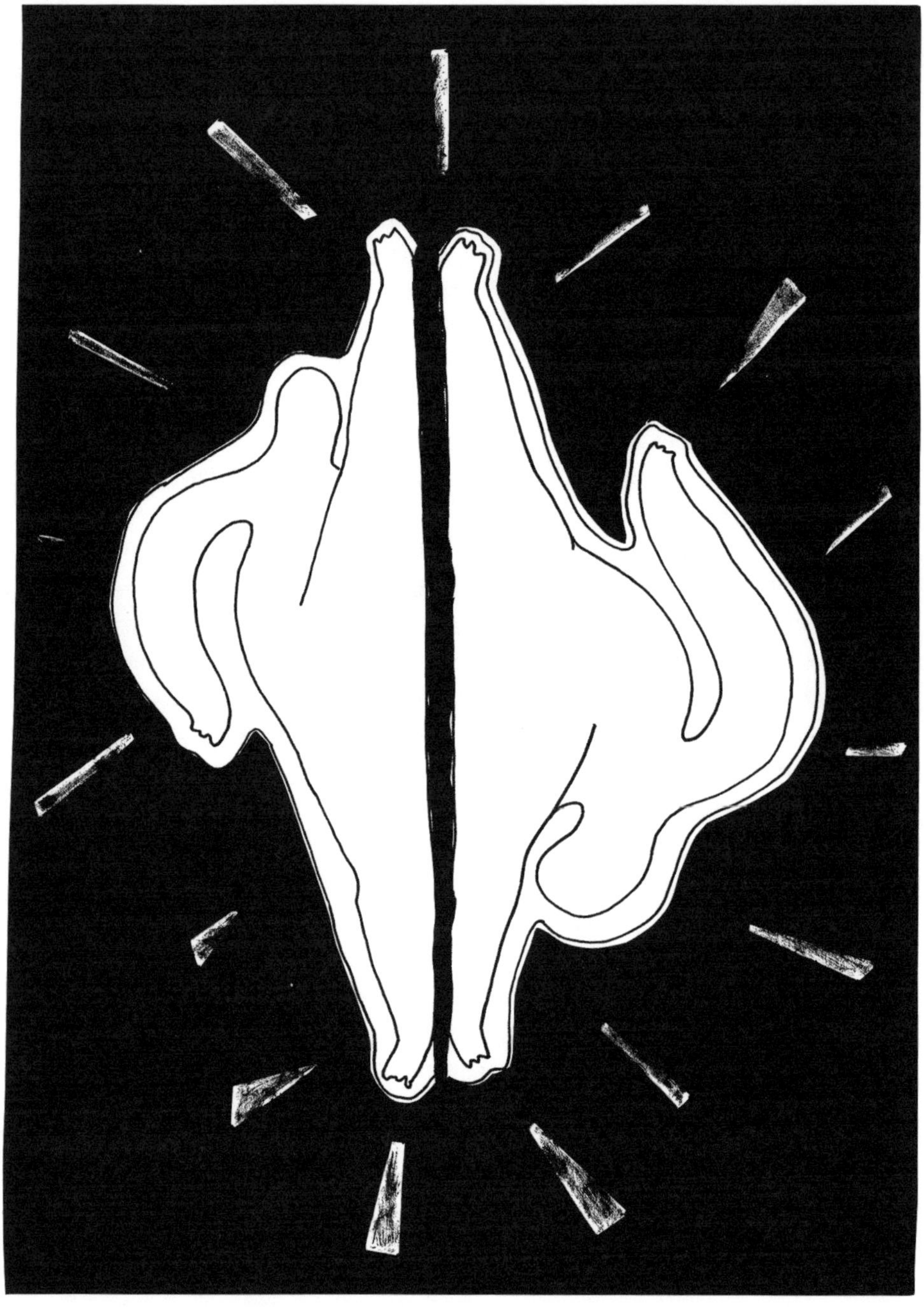

Liebesdienste im Alter

Ein schönes Alter

Eines der Hauptübel der Zivilisation ist, dass sie den Heranwachsenden das Alter nur von der materiellen Seite zeigt. Die Ordnung der Zivilisation pflanzt in das Herz der jungen Leute den Keim der Verachtung für das Alter. Die Harmonie dagegen befreit die Kindheit und Jugend vom Geist der Auflehnung und Verhöhnung und setzt an seine Stelle den Geist des Erbarmens.

Alle Liebeskandidaten, ob jung oder alt, sind sich einig in dem Wunsch, dass man ihnen einen neuen Weg zeige, der der Jugend viele und abwechslungsreiche Illusionen, den Greisen die lebensnotwendigen Illusionen verbürgt, die sie in der zivilisierten Ordnung nicht finden, wo Verfassung und Religion behaupten, dass ein alter Mensch, ob Mann oder Frau, kein Bedürfnis nach Liebesillusionen mehr habe. Die Natur lehrt anderes, und die Greise meinen mit Recht, dass ihnen in der Liebe umso mehr lustvolle Illusionen zuteil werden müssten, als sie weniger sinnliche Freuden haben.

In unserer Gesellschaftsordnung, wo die Körper frühzeitig verbraucht sind und es unnatürlich viele Greise und verblühte Menschen gibt, ist es unmöglich, einen Liebesdienst für das Alter einzurichten; auch wird man einen solchen nicht schon in der ersten Generation einführen können, sondern erst dann, wenn die harmonische Ordnung den Körper zu der ihm innewohnenden Kraft entfaltet hat. Dann wird es so wenige Greise geben, dass es ein Leichtes ist, für ihr materielles Wohl zu sorgen; die Zahl der Anwärter wird mühelos das nötige Verhältnis erreichen, um das Alter voll zu befriedigen.

»Sie belieben zu scherzen«, wird ein bescheidener Siebzigjähriger erwidern. »Ich bin weder schön, noch habe ich die Fähigkeiten, die für eine solche Verbindung vonnöten sind; aus Zartgefühl würde ich sie nicht eingehen wollen, weil ich glauben müsste, derjenigen zur Qual zu werden, die man mir beigesellen möchte.« Das ist brav gedacht. Aber die neue Ordnung, die euch im vorgerückten Alter mannigfache Möglichkeiten in der Liebe verschafft, wird euch auch Gesundheit schenken wie dem Skeleraten Ali Pascha[20], der noch mit achtzig Jahren heiratete, und Schönheit wie der Ninon, die noch mit achtzig Jahren umschwärmt wurde.

20 Ali, Pascha von Janina, 1744-1822, wegen seiner Grausamkeit berüchtigt.

Knaben lieben reife Frauen, Mädchen reife Männer

Jünglinge entflammen sehr leicht für Frauen in reifem Alter. Eine gut erhaltene Frau zwischen fünfundvierzig und fünfzig Jahren kann mühelos einen Jouvenceau von sechzehn bis achtzehn Jahren bezaubern, aber weit seltener einen Heranwachsenden zwischen dreiundzwanzig und vierunddreißig, der schon Erfahrungen hat. Ebenso würde sich eine junge Frau von sechzehn Jahren für einen schönen Fünfundvierzigjährigen begeistern, hegte sie nicht allgemeine Vorurteile gegen diese Altersstufe. Aber dass es sich um eine wirkliche Neigung handelt, beweist die Tatsache, dass dieser fünfundvierzigjährige Mann, wenn er dem Mädchen nicht von Liebe spricht, sondern nur freundschaftlich mit ihr verkehrt, mühelos freundschaftliche Gefühle in ihr weckt, sofern die Eifersucht eines argwöhnischen Liebhabers diese Beziehung nicht stört; denn ohne allen Zweifel wird der Liebhaber als Erster erhört. Ebenso wird eine schöne und liebenswerte Frau von dreißig Jahren wie Ninon einen jungen Anfänger von fünfzehn rascher betören, als es ein leichtsinniges Mädchen von zwanzig vermöchte. Gesetzt, ein Mann von etwa vierzig Jahren, wohlerhalten wie Alkibiades oder Richelieu und gleich ihnen erfahren in der Kunst,

Frauen zu verführen, macht einem unerfahrenen jungen Mädchen von sechzehn den Hof; er wird es leichter bezaubern als ein aufgeblasener junger Geck, der meint, man müsse ihn auf der Stelle anbeten.

Liebesrechte der alten Menschen

Man wird sagen, die Frauen zeigten keinerlei Neigung, in jene Chöre reifer und mannhafter Frauen einzutreten, deren Namen allein heutzutage genügen, alle diejenigen abzuschrecken, die etwas auf sich halten. Gewiss, nach den zivilisierten Gepflogenheiten würden weder Männer noch Frauen die geringste Neigung zeigen, in die Chöre des steigenden Alters einzutreten. Aber in der Harmonie werden sich die Interessen sehr verändern: Die an Alter vorgerücktesten Chöre sind nämlich gerade diejenigen, die in Bezug auf die Liebesrechte am verlockendsten sind. Daher zeigen die Frauen keinerlei Widerwillen, sich den Chören der Älteren anzuschließen; es kann sogar vorkommen, dass sie den Zeitpunkt vorverlegen und sich frühzeitig für diese Chöre bewerben. Die Liebe wird sie verleiten, diesen Schritt zu tun, der heutzutage der Eigenliebe so sehr widerstreben würde. Orphise, eine Frau aus dem Chor der »Gesetzten«, ist erst fünfundsechzig Jahre alt, aber bereits gebrochen und schwerfällig. Trotzdem stehen ihr noch zehn Jahre im Chor der Gesetzten zu. Sie ist jedoch der Meinung, dass sie in diesem Chor, was ihre Liebeschancen angeht, an letzter Stelle stehen würde, während sie im Chor der »Ehrwürdigen« die größten Chancen im sympathischen Odaliskat, einer glänzenden Krone dieses Chors, haben würde.
Orphise beschließt nach diesen Überlegungen, zehn Jahre auf der Stufenleiter der Altersklassen zu überspringen und sich theoretisch älter zu machen, als sie in Wirklichkeit ist. Ein solcher Wunsch könnte in der Zivilisation gar nicht aufkommen, wo alle Vorteile bei der Jugend liegen, ohne

dass irgendein Gegengewicht dem Alter zugute käme, und jedem daran gelegen ist, sein Alter zu verschweigen oder sich jünger zu machen.

Die Greise als geliebte Erzieher

Die Zivilisation war immer der Ansicht, zwischen Schüler und Lehrer müsse eine Beziehung der Dankbarkeit bestehen; aber vergebens preist sie die Wohltaten des Unterrichts, denn bei uns bestehen zwischen den entgegengesetzten Altersklassen unversöhnliche Interessen und Grundsätze. In der Harmonie, wo der Unterricht erwünscht und begehrt ist, wird jeder Greis aufgrund seiner Erfahrung ein wertvoller Gefährte der Serien sein, in denen er lange Zeit gewirkt hat; mit seinen Ratschlägen kann er sie in ihrem Anspruch auf Meisterschaft unterstützen. Er bedeutet für sie ebenso viel wie ein alter Steuermann in einem Sturm, bei dem die jungen Seeleute ihre Unzulänglichkeit spüren und ihn anflehen, ihnen beizustehen.

Die leidenschaftlichen Serien wecken zwischen Schülern und Lehrern eine freundschaftliche Zuneigung, eine Beziehung idealer Vaterschaft, eine wahre Sohnesliebe. Sie greift vom Einzelnen auf die Gemeinschaft über und weckt bei der gesamten Jugend eine kollektive Begeisterung für die Greise. Es ist eine wahre verwandtschaftliche Aussöhnung der Unteren mit den Oberen, eine Dankbarkeit, die das Kind veranlasst, jemanden zum zweiten Vater zu erwählen, der es gar nicht ist.

Sechs junge Leute beiderlei Geschlechts erwählen sich zum Beispiel bestimmte Greise. Es handelt sich dabei weder um Intrige noch um Verführung; es ist ein kollektives Zeugnis der Fürsorge, die das Alter der Jugend angedeihen lässt, um sie zur Arbeit heranzubilden sowie öffentliche Dankbarkeit der Jugend für die Korporation der Greise, zumindest für diejenigen, die sich im Dienste der Erziehung am meisten ausgezeichnet haben.

Die alte Urgèle und die Liebe

Valère ist ein Jüngling von zwanzig Jahren, Urgèle[21] zählt achtzig Jahre. Liebt sie Valère, so wird sie bei ihm auf die Abneigung stoßen, die in der Liebe natürlich ist. Sehen wir nun, auf welche Weise äußere Beziehungen diesen Widerwillen besiegen, indem wir vier Gefühlsbeziehungen gegeneinanderstellen: zwei freundschaftliche Beziehungen F, und zwei genossenschaftliche Beziehungen G.

21 Anspielung auf Charles Favart, 1710-1792, der eine Erzählung von Voltaire, Ce qui plaît aux dames, *seiner komischen Oper,* La Fée Urgèle, *zugrunde gelegt hatte. Die hässliche alte Frau drängt den Ritter Robert, sie zu heiraten. Aber – was Fourier nicht erwähnt – als der junge Mann schließlich einwilligt, verwandelt sie sich in ein bezauberndes junges Mädchen.*

F 1. Valère ist ein eifriger Anhänger von vierzig Gruppen; in mehreren von ihnen hat er sehr vertraulichen Umgang mit Urgèle. In seinem fünften Lebensjahr hat er sich der Gruppe der » blauen Hyazinthen « angeschlossen, in der er sich auszeichnet. Sein Geschick verdankt er Urgèle, der Präsidentin der Gruppe; sie war seine leidenschaftliche Lehrerin gewesen und hat ihm alle Raffinessen der Kunst beigebracht.

F 2. Valère interessiert sich für die Kunst des Gravierens; in diesem Industriezweig erwirbt er sich großen Ruhm, und wiederum verdankt er Urgèle diesen Triumph. Als Alterspräsidentin dieser Gruppe hatte sie Gefallen daran gefunden, dieses Kind auszubilden, bei dem sie schon in zartem Alter glückliche Anlagen erkannte.

G 3. Valère findet Geschmack an einer Wissenschaft, die in der Zivilisation völlig unbekannt ist, nämlich an der Algebra der Liebe oder Berechnung der zufälligen Sympathien in der Liebe; es ist die Kunst, eine Masse von Männern und einer Masse von Frauen, die einander noch nie gesehen haben, leidenschaftlich aufeinander abzustimmen; also zu bewerkstelligen, dass jeder der hundert Männer auf Anhieb diejenige der hundert Frauen erkennt, für die er zusammengesetzte Liebe empfinden wird, eine vollkommene Übereinstimmung von Sinnen und Seele. Diese Wissenschaft erheischt neben der Theorie eine lange Praxis. Urgèle, die über die Seelenverwandten des Landes am besten Bescheid weiß, unterrichtet Valère; auf sie gründet er seine Hoffnung auf Erfolg in dieser Wissenschaft, auch auf Berühmtheit und Glück in der genossenschaftlichen Ordnung.

G 4. Valère möchte in eine industrielle Armee aufgenommen werden (sie besteht aus etwa 300000 Seelen, davon 100000 Frauen), die ihr Lager am Rhein aufschlagen will, um während der schönen Jahreszeit Brücken zu bauen und allabendlich herrliche Feste zu geben. Um aufgenommen zu werden, müsste Valère bereits acht Feldzüge hinter sich haben, doch bislang sind es erst zwei; außer im Ausnahmefall wird man ihn nicht zulassen.

Urgèle bekleidet das Amt der höchsten Matrone oder Hyper-Fee der Rheinarmee; sie verwaltet das Ministerium der zufälligen Sympathien für die 300000 Männer und Frauen. Sie erklärt, dass Valère ihr in diesem oder jenem Arbeitsbereich nützlich sein könnte; dies ist für ihn ein Ausnahmefall, und er wird in jener schönen Armee aufgenommen, obwohl es ihm an Titeln fehlt. Als Attaché der Hyper-Fee zieht er mit.

Dies sind vier Beziehungen zwischen Valère und Urgèle, die darauf gerichtet sind, den natürlichen Widerwillen in sich aufzunehmen; zwei freundschaftliche Beziehungen F aufgrund vergangener Dienste, und zwei genossenschaftliche Beziehungen G aufgrund künftiger Dienste. Daraus entsteht bei Valère zwar keine direkte leidenschaftliche Liebe zu Urgèle, aber ein Gefühl der Dankbarkeit, eine indirekte Zuneigung, eine neutrale Beziehung, welche die Liebe ersetzt und zum selben Ziel führt. Urgèle wird Valère aus reiner Zuneigung gewinnen. Ihre achtzig Jahre sind für Valère kein Hindernis, denn er ist von Kind auf an Urgèle gewöhnt. Die Jugend verzagt nicht in der Liebe, wenn sie genügend Anreize hat; und Valère erklärt Urgèle als Erster, dass er sich glücklich schätzen würde, wenn er sich für alles, was er ihr schuldet, dankbar zeigen könnte. Zwar wird er nicht ihr ständiger Liebhaber werden, aber sie bekommt ein Stück vom Kuchen ab.

Über die Orgie

Die Vergänglichkeit der Eifersucht: ein Keim der Harmonie

Die Eifersucht, obzwar von der Einrichtung der Ehe so stark geschürt, kann bei den Zivilisierten wohl nur schwache Wurzeln haben, denn immer wieder lässt sich beobachten, dass irgendeine andere Leidenschaft den Geist der Eifersucht neutralisiert und aufsaugt. Denn wie viele Menschen vergessen nicht mit einem Schlag ihre Eifersucht, wenn ihr Interesse dagegensteht?

Die Pariser sitzen an der Quelle der schönen Geister, aus der sie die gesunde Lehre der Toleranz schöpfen; zudem wird sie durch das Beispiel der Höflinge gestützt, die sie in die Praxis umsetzen, denn eheliche Eifersucht ist bei Hof wie in der großen Welt ein Zeichen von schlechtem Geschmack.

Kurz, der menschliche Geist zeigt sich in dem Maße, in dem er zur Perfektionierung der Perfektibilität fortschreitet, wie die Pariser es tun, für gewisse Formen der Teilhabe in der Liebe immer zugänglicher; der soziale Fortschritt verändert die Eifersucht. Schon findet man in unseren Sitten Beispiele für gemeinschaftliche Liebe, die eine deutlich philanthropische Färbung haben, Liebende, die um bestimmter gemeinsamer Vorteile willen, die sie andernorts nicht finden können, sich zu einer geheimen Gesellschaft zusammenschließen. Sie ahnen, dass die Eifersucht alle ihre Freuden beeinträchtigen würde und verständigen sich als gute Freunde und Brüder.

Weitere Keime der Harmonie in der zivilisierten Orgie

Ich kenne nichts Bemerkenswerteres als eine Moskovitische Gesellschaft (wiewohl ich sie nur vom Hören-Sagen kenne), die sich »physischer Club« nennt. Die Mitglieder (die Initiierten), die von einem Hausmeister eingelassen werden, der sie kennt, entkleiden sich in einer Kammer und betreten nackt den abgedunkelten Sitzungssaal, durch den sich jeder dem Zufall überlassen vortastet, ohne zu wissen, mit wem er es zu tun hat.

Diese Praxis, die auf den ersten Blick liederlich erscheinen mag, ist vielleicht die sittsamste, die es je in der Zivilisation gegeben hat, die einzige, hinter der die Zivilisierten ihre schmutzigen Bräuche und Gefühle verbergen können, die zu gehässig, zu sehr von Misstrauen durchdrungen sind, um sich dem Tageslicht auszusetzen. Sie bedürfen des Schutzes der Dunkelheit, um ihre Schande zu bedecken.

Ungeachtet dieser Hassgefühle empfinden sie nicht minder das natürliche Bedürfnis nach der Orgie, und es war eine sehr gute Idee der Moskoviter, mittels der Dunkelheit die natürliche Neigung zur Orgie mit den Hindernissen in Einklang zu bringen, die in der Zivilisation durch Misstrauen und Eifersucht entstehen. Die Erfindung einer solchen Zusammenkunft im Dunkeln versöhnt alles und versöhnt auch diejenigen mit der Natur, welche die Zivilisation daran hindert, sich ihr zu verbinden, und die es nötig haben, sich zu verstecken.

Wenn derlei Zusammenkünfte, wiewohl ungestalt und verworren, schon in der Zivilisation einen unwiderstehlichen Reiz ausüben, was wird erst in der Harmonie sein, wo sie großartig und öffentlich organisiert sein werden! Bevor wir diese neue Art des Vergnügens beschreiben, eines der strahlendsten in der Harmonie, wollen wir ihre Keime untersuchen, die wir in unserer Gesellschaft auf Schritt und Tritt sprießen sehen. Die Teilnehmer solcher Zusammenkünfte spüren sehr wohl, dass eine besondere Beziehung zwischen ihnen besteht, eine Art Zauber, den sie nicht schildern können und der ihre Gemüter in ein wunderbares

Gleichgewicht versetzt. Man beobachte nur den Ton der Frauen, die solche Sextinen aufsuchen; sie sind nicht so stumpfsinnig und geistlos wie die ehelichen Turteltauben. In Gesellschaft haben sie ein sicheres Auftreten und wissen ihr Spiel geschickt zu verschleiern, kurz, ihr Verhalten unterscheidet sich himmelweit von dem üblichen Betragen verliebter Frauen. Ihre Begeisterung darüber, anders zu sein, ist nicht weniger wirklich; in den Beziehungen solcher Paare herrscht ein gleichsam religiöser Geist. Sie betrachten gemeinsame Vereinigung als eine heilige Verbindung, als Verpflichtung ganz besonderer Art. Ihre Beziehung erzeugt Empfindungen, die sich stark von denen der Liebe unterscheiden, denn sie absorbiert die Eifersucht. Alle Initiierten betrachten ihre gegenseitigen Treuebrüche ohne falsche Scham; der Gemeinschaftsgeist setzt sich so weit durch, dass sogar die züchtigste Hausfrau sich in einer solchen Zusammenkunft nicht scheut, »in naturalibus« zu erscheinen. Ich kenne sehr prüde Frauen, die diesen Akt der Freundlichkeit in ihren Sextinen vollbringen und mit Recht glauben, nicht gegen den Anstand zu verstoßen, denn der bei diesen Treffen herrschende Ton ist der des Uniteismus, einer Leidenschaft, die alle Vertrauten mit dem Geist der Gemeinschaft erfüllt.

Die ehrbare Orgie

Einige Zivilisierte könnten nun meinen, die Orgie in der Harmonie sei eine Anhäufung nackter Sinnlichkeit gleich den schmutzigen Orgien der Zivilisierten. Weit gefehlt, eine Orgie kann sich zwar auch zufällig ergeben, wie bei den Zusammenkünften der Armee und der Karawanserei, aber bei den regelmäßigen Sitzungen des Liebeshofs wird die Orgie von dem Minister und der Hohepriesterin vorbereitet, die vortreffliche Versammlungen zuwege bringen, bei denen sich die Sympathien häufen und gegenseitig steigern. Wir sollten einen Zipfel des Vorhangs lüften und klarmachen, dass die Aufgaben des Ministeriums im Liebeshof für die Freuden der Jugend von allerhöchster Bedeutung sind.

Die Natur treibt uns zur Liebesorgie. Man muss also einräumen, dass die Orgie ein natürliches Bedürfnis des Menschen ist und dass lediglich die Ausübung dieses Vergnügens geregelt werden muss, wie viele andere, die mit der Ordnung der Zivilisation nicht vereinbar sind, aber nichtsdestoweniger dem Willen der Natur entsprechen, die uns zu den verschiedenartigsten Freuden anspornt.

Die Harmonie gründet ihre Berechnungen niemals auf der Schamlosigkeit; bei der Orgie wie bei jedem anderen Ausdruck von Leidenschaft verlangt sie zunächst eine sentimentale Beziehung zwischen allen Beteiligten. Auch was das Materielle angeht, lässt sie keine der schändlichen Ausschweifungen zu, die uns die Zivilisation beschert; sie fordert, dass das Materielle, sofern es in einer Orgie vorherrscht, durch die Illusionen edler Leidenschaften verschönt wird.

Folglich bedeutet die Orgie den edlen Aufflug der freien Liebe. Ereignet sie sich spontan und frei von schmutzigen Berechnungen, wie es bei den geheimen Schwelgereien der anständigen Frauen vorkommt, steigert sie sich zu einer sehr edlen und philanthropischen Leidenschaft.

Die gewöhnlichen Beziehungen des Liebeshofs geben Gelegenheit, sich gegenseitig zu erforschen, um die Ehen der sympathischen Stufenleiter zu schließen. Dabei ergeben sich glänzende Orgien, die reizvolle Illusionen, kostbare und dauerhafte Erinnerungen bieten.

Die Orgie kann mit großem Erfolg und anhaltender Liebe über einen langen Zeitraum, zum Beispiel 14 Tage lang, fortgesetzt werden, wobei sich für die Teilnehmer köstliche Essen und Abende ergeben.

Es ließen sich noch viele andere Spielarten der Orgie beschreiben. Das Wenige, das ich gesagt habe, genügt jedoch, um daraus einige Eigentümlichkeiten der harmonischen Orgie abzuleiten:

1. Sie ist keine zufällige und wirre Vereinigung zur Libertinage, sondern eine dauerhafte Gesellschaft, die von der Kunst des Ministeriums der Feen vorbereitet wird, welche die Stufenleitern der Liebe im Sinne der zusammengesetzten Ehen aufstellt.
2. Sie verstärkt die Sympathien jedes Einzelnen durch eine gemeinsame, kollektive Leidenschaft, die für alle Beteiligten eine neue Beziehung bedeutet.
3. Sie schenkt dauerhafte Erinnerungen, die auf ehrbaren und regelmäßigen Beziehungen gründen, die für alle Teilhabenden umso kostbarer sind, als sie unter schwierigen Umständen zustande kommen, so kostbar wie ein schwieriger Sieg für alle jene, die persönlich dazu beigetragen haben.

Edition Nautilus GmbH
Schützenstraße 49 a
D-22761 Hamburg
www.edition-nautilus.de

Der Text ist eine Auswahl aus der Ausgabe
Charles Fourier, *Aus der Neuen Liebeswelt,*
Ausgewählt und eingeleitet von Daniel Guérin
Verlag Klaus Wagenbach, Berlin 1977
Aus dem Französischen von Eva Moldenhauer

Gestaltung, Satz und Umschlag Nora Prinz
Illustrationen Katarina Atkinson, Ana Becher,
Louisa Kron, Lilli Lambert, Louisa-Marie Nübel,
Svea Öhlschläger, Nora Prinz
Schriften »The Sans Plain« von *Lucasfonts*,
ITC Stone Serif
Druck und Bindung MMC Memminger MedienCentrum

1. Auflage September 2017
ISBN 978-3-96054-055-7